海水是甜的

陳幸蕙——著

我的吉祥物（見p27）

公平貿易標章（見p31）

可能是我——一名非基督徒——將持續讀至生命最終的一部書（見p50）

捕夢網（見p74）

消費券（見p74）

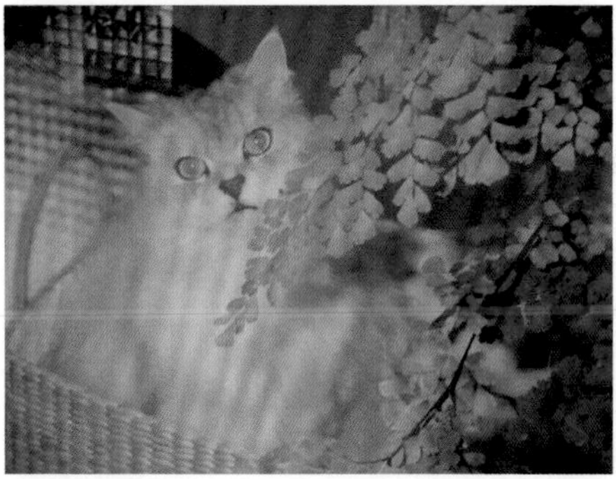

歡喜（見p87）

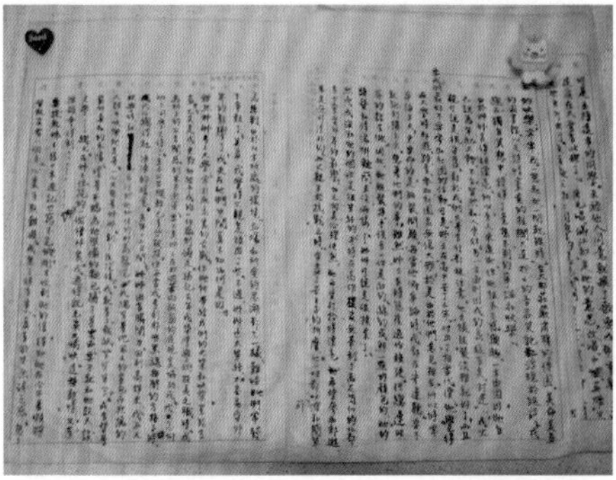

經由一枝筆抵達心靈——一名文學少女的週記（見p167）

公務員貓「真好」（見p170）

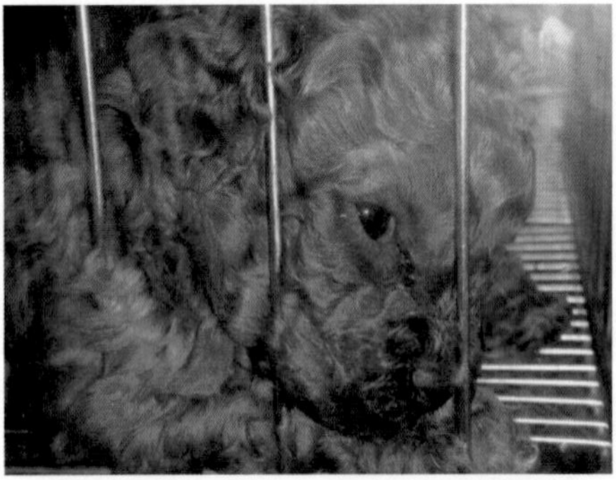

「拿鐵」垂下淚水，似正對我說：「請妳，好心的，帶我回家！」（見p231）

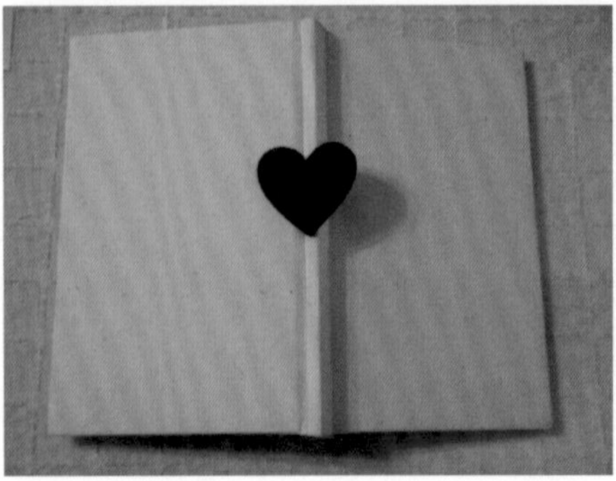

象糞手札（見p257）

不要讓世界改變你的微笑，
用你的微笑改變世界！

卷一／海水是甜的

卷二／歡喜

卷三／把歲月這塊石頭坐熱

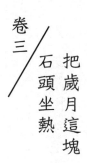

卷四／送禮物給地球

附錄

讀一顆心（自序）

決定這本散文集書名時，一位與我無話不談的蜜友笑說：

「海水是甜的？ㄟ——這是公然說謊吔！」

不曾料到有此反應，我先是楞了一下，繼則莞爾。

這翻鹹為甜、顛覆一般認知的敘述，其實典出三〇年代詩人艾青作品〈海水和淚〉：

海水是鹹的
淚也是鹹的
是海水變成淚？
是淚流成海水？

億萬年的淚
匯聚成海水

終有一天
海水和淚都是甜的

如此深情之祝願、堅定之信念、缺憾與悲情還諸天地之祈盼，那也正是我希望在這本散文集裡，能傳達的主題核心與精神。

據說，散文，是流露，或說洩露作者自我最多的一種文類。

讀散文，其實便是讀作者的一顆心。

而不論身為一名創作者，或一個人，我都希望自己這顆心，與艾青，與千千萬萬愛這世界的人，心頻相同，彼此共振，無懼地老天荒，且深深相信——

終有一天，海水和淚，都是甜的！

陳幸蕙　二〇一五年元旦於新北市新店

卷一 / 海水是甜的

地球日日記

若能做一個種樹的女人，應也是有趣且有意義的一件事！

4月22日，天氣陰。

清晨7點55。

離營業時間還有五分鐘，我已在郵局尚未拉起的鐵捲門前等待了。

8點01，抽取號碼牌001，微笑走向櫃檯，很高興自己今天是郵局第一位客人。順利辦完劃撥手續，過街到菜場買了絲瓜、番茄、蘿蔔、豆腐、木耳、杏鮑菇、金甘薯和紫山藥，準備傍晚燉一鍋營養漂亮的七彩湯。

不加任何人工調味料，除了一撮鹽巴、幾枚蒜粒、兩片月桂葉，也許再一小匙胡椒粉吧！總之，在快樂激動的滾沸中，繁華落盡，歸真返璞，一鍋值得感恩頌讚的自然清湯，相信便能愉快、虔誠地完成了。

是的，虔誠、樸素、感恩、愉悅——自邁入生命中第二個青春期以來，我已決定，這將是我每日的生活基調。

而今天，我決定，尤其要讓這基調與精神，充分貫徹且發揚光大。

因為今天是世界地球日（World Earth Day），一個應該以特別心情，做點特別事情的日子。

早上去郵局劃撥，便是把錢匯給某單位，響應他們「五百棵台灣小樹認養活動」。這是呼應聯合國「種七十億棵樹保護地球計劃」所發起的綠色活動。認養一棵小樹費用五百元，認養者將收到一張匯款憑證。小樹則由台大實驗林負責栽種照顧，並定期在網站公布「認養樹木成長報告」。

我從上禮拜領到的稿費中，拿出兩千元劃撥，認養了四棵樹。

家裡一人一棵。

事前沒告訴他們。

這是我在地球日送給家人的驚喜，也是我送給地球一個非常微不足道的小禮物。

當全球熱帶雨林，正以每分鐘七十二英畝、每秒鐘一個足球場之可驚速度，迅疾消失的此時——我希望，在這個虔誠的早晨，我和家人所認養的這四棵樹，能為減碳和減緩地球暖化，盡一點點小力量。

當然，四棵樹實在不算什麼！

但聯合國「種七十億棵樹保護地球計劃」，原來的構想便是——若全球七十億人，每人種一棵樹，那麼為地球所量身打造的這把碩大無朋的綠色保護傘，便成功地撐起來了。

回家後，基於關心，打電話到主辦單位探問，從四月一日活動開始至今，三星期時間內，共有幾棵小樹被認養？

電話那頭回答我約兩百多棵——

「不是很多啦！……」

聽得出年輕女孩，似對這數字感到有些「抱歉」。但我為她打氣：

「今天是地球日，應該會增加不少。像我，就是特別挑在地球日來劃撥的……」

放下電話後，我做了一個新決定，下禮拜彰化演講結束，要從演講費拿出兩千元二度劃撥，為地球再種四棵樹。

想到這些樹，二十年後，便將在島上、人間、這個地球，和其他人一起認養的樹、和它們聲勢浩大的族群夥伴們，共同舉起一蓬蓬碧蔭，為氣溫節節升高的地球，敷上一帖又一帖具療傷效果的清涼——便格外感到踏實愉快。

下午，找出法國作家尚．紀沃諾傳世之作《種樹的男人》重讀。

為地球撐一把傘
500棵台灣小樹
認養計畫
響應聯合國第二波
「種七十億棵樹保護地球計畫」
攜手為生態保育盡一份心力

若全球七十億人，每人種一棵樹……

這以如詩之筆抒寫自然倫理的故事，帶給我的新思考是——若能做一個種樹的女人，應也是非常有趣且有意義的一件事！

在我心中，樹，不只是與地面垂直的堅挺形象、湧自地心的綠翡翠噴泉，卻更是——種子的甦醒，生長的願望，風華的啟示，恬靜的布施，奉獻的傳奇。

而三十年前，當我為處女作命名《群樹之歌》時，冥冥中是否便已預示，這將是我生命中雋永且眷愛不已的一首戀歌？

傍晚，為自己放上一張輕音樂CD，廚房裡一邊傾聽，一邊洗手作彩虹湯。

若《聖經．舊約》裡，彩虹代表希望，是大洪水消退、挪亞走出方舟時，上帝和這世界立約的記號，以示不再有毀滅！——那麼，種樹，是不是也是種下希望、種下夢想與愛，是我們和地球立約，要把她從千瘡百孔狀態中拯救出來的記號？

想起日文中我很喜歡的一個詞彙「地球に優しい」，直譯便是「溫柔對待地球」。溫柔二字，說得真好。

因為濫用資源，便是對地球粗暴。記得十九世紀末，尼采曾說：

「地球也有皮膚病，這皮膚病叫做——人類！」

若尼采活在今日，不知是否要說人類是地球的癌症？如今，亡羊補牢種樹，或也算一種溫柔的救贖。

晚餐後，出門散步。走到××新村時，不知哪家院牆裡的桂花，正散發幽甜的芳香。

想起以前曾對家人說「每天都是情人節」，「每天都是感恩節」，但在今天這啟動了許多溫柔深思的日子裡，我想再加上一句——「每天，都是地球日！」……

晚上10點50，餵四隻貓咪吃完沙丁魚罐頭，帶著一顆平靜的心，上床睡覺。

關起今天的大門之際，我希望，七十億棵成長中的巨樹，碧濤洶湧，以陸地上另一種壯闊深邃的海洋之姿，在夢裡出現。

不，不久的將來，在地表出現！

野花賦

我覺得我簡直可以編一卷厚厚的花間集了，在南台灣春日，花的地平線之前，一個叫美濃的地方。

紅塵素居，平日喜歡一個人安安靜靜在家，讀書、寫作、自修日文，把房間和庭院整理得舒適，且符合我的美感要求。

但那日，從安靜出走，陪摯友去一個熱鬧喧譁的地方，在那喧譁深處，卻與一更遼闊華麗的安靜相遇。

如果安靜也是有形象的，那應該就像那日所見——是陽光下一條條凝然晃漾、泛濫無邊的色彩恆河；是天際星辰、地表沙粒般數不清的花蕊無聲洶湧——一種溫暖了、但也震懾了我相機鏡頭的風景。

高更說：「為了看見，我閉上眼睛。」

於是，我閉上眼睛，讓心靈更清楚地看見，看見如繁星細沙般數不清的花，在摯友故鄉田園大地上，以絕美之姿，捨身淑世的故事。

那是別號「微笑之鄉」的南台灣某鎮，利用休耕地進行波斯菊等野花輪植。當充滿生之慾望的花種，在黑暗沃腴的濕泥裡，結合深不可測的土地能量，破壞而出，且由陽光點燃了火種般蓄勢待發的新芽時，六十公頃田野裡，如狂瀉不已、失速蜿蜒、無論如何都再也遏止不住的骨牌效應，一場震驚春天的野花核爆、色彩核爆，便在這偏遠山城轟然突然，卻又無比自然地發生了！

是因為早就預見——二十一世紀起，每年早春，都必有這麼一場由群花發起的唯美運動，把油畫般顏彩，濃得化不開地傾潑在天地間，所以，才為這小鎮取了「美濃」的名字嗎？

彷彿北海道美瑛「超廣角之路」和「拼布畫」，或是富良野薰衣草花海——微風麗日下，當粉白麗紫金紅血赤檸檬黃……色帶，從視線盡頭外，奔突流溢至腳下與眼前，鋪染出一種童話、甚至神話的夢幻氣氛時，像被魔指點了一下，熟悉的小鎮竟變得有些陌生了。

檢閱這龐巨的花的行列式，那是一種不曾經歷的視覺經驗、眼睛罕見的芬芳旅行。而如果傾耳細聽，空氣裡似更隱約鼓譟著一種無聲的吶喊，在向眾人宣告——現在是春天，一切好事都有權利發生！

於是，被這場燎原花火、浩大春汛召喚前來，瞳孔深處盡是花姿卉影的人，心裡也點起一把火，烘柔了臉頰僵硬的線條，烘出微笑的弧度，無可抗拒地陷落在這早春激盪的歡愉裡了。

那是一種回到童年、復返青春時光的興奮，一種想帶著蘋果、巧克力到郊外遠足，想立刻寫一首情詩，想坐上七彩熱氣球飛升，想和身邊情人再談一次戀愛的感覺。

而當一位手持田園咖啡的中年女子走過，對她身邊鬢髮霜白、滿臉滄桑的男伴說：「到這裡來養傷最好了！」時，雖不知她所說究竟是肉身病痛，還是心靈創傷？但，朝夕面對這高漲拍岸的花之潮水，一座魔幻的色彩磁場，一定有很好的療傷效果吧！我想。

我覺得我簡直可以編一卷厚厚的花間集了，在南台灣春日，花的地平線之前，一個叫美濃的地方。

但朋友告訴我，這盛綻斷放、盡情春吶的花期，只有兩個月，當春耕季節來臨，賞花客紛紛離去，大型機具便將從群芳柔軟馨馥的女體輾過，夷平花海，掀起土地的肌膚，翻攪深掘，將所有花卉腐化為有機肥料，然後再將作物種籽，埋入她們血肉深處。

我想起《新約．馬太福音》中所說：

「田野的花草今天存在，明日被投進火爐裡焚燒……」

那是功成身退，以強大信心與勇敢走向明天的故事！

然而群芳功成身退，繽紛還諸大地，化作春泥，卻非為護花，而是為了在土壤裡引燃另一次看不見的燦爛核爆，去膏沃田園、成全老農，讓新登場之眾家角色——不論是水稻、香蕉、木瓜、番茄、玉米、辣椒或其他作物——都能輕鬆自信，於汗水染鹹收穫期待的季節裡，預示結實纍纍的遠景。

於是南台灣土地上，一股明朗崛起的新勢力，鮮妍抹去休耕地上荒冷時，我看見，這野花的千軍萬馬，是正如何以全方位捨身之姿，在祝福、改造、拯救這曾號稱「南方穀倉」「菸葉王國」，如今卻沒落凋零的農業小鎮！當浩瀚花海裡，一種粉萼鼠尾草掀滾波紋如巨幅紫絲絨，我發現她的學名salvia，拉丁字源salvere正是「拯救」之意。

最芬芳美麗的拯救！

花的淑世主義！

哎，其實，我應該在翻耕犁土時再去看她們一次的。

去參加花的葬禮，一場恬淡無語的謝幕。

去見識那更大的、令人湧生宗教感的安靜。

關於安靜，是的，我沒有見過，比摯友故鄉田園大地上那芬芳之海，更動人的詮釋。

我的吉祥物

跟你說，阿姨也有吉祥物哦！……

傍晚，到巷口雜貨店買雞蛋，瞥見店老闆外孫，正在紙上塗繪一卡通人物。

我好奇探問那逗趣的卡通人物是誰？國小二年級男生抬起頭來，對我的「無知」感到非常驚訝：

「這是麵包超人呀！……」

由於美勞老師要班上同學畫出自己心中的「吉祥物」，向來以「麵包超人」為偶像的小男孩，很自然地就選定這日本漫畫角色當吉祥物了。

拎著雞蛋回家時，想到小男孩神氣的模樣，忍不住微笑起來——擁有吉祥物，真是可愛的一件事啊！而如果小男孩開心地擁有「麵包超人」，那麼，我有沒有吉祥物呢？

結果，有趣地，我發現自己不但有吉祥物，而且吉祥物也很卡通、很童話，是一種總是輕巧起飛降落、似忙於傳遞幸福密碼的小精靈，那便是——中世紀歐洲人稱為「農夫之聖母瑪麗亞」的瓢蟲。

據說中世紀歐洲，葡萄園飽受蟲害，束手無策的果農向天祈禱時，忽有無數彩點子隨風而至，大舉消滅害蟲，果農感激之餘，齊聲頌讚聖母瑪麗亞！那些為果農帶來豐收的彩點子便是瓢蟲，後來在西方文化中更演變成幸運的象徵。

像一粒鮮豔俏皮的小豆豆，我喜歡瓢蟲，一方面固因這美好的典故、象徵；另方面則因她們充滿喜感的外型，引人遐思，復令人童心大發；但更重要的則是，在免除地球環境污染的領域裡，這些毫不起眼的豆豆，還是貢獻卓著、非常了不起的超級巨星與酷角色哩！

當瑞秋・卡森在她經典之作《寂靜的春天》中警醒世人——濫用農藥和殺蟲劑，將使春天一片死寂，不再有蟲鳴鳥叫時——以「環保小金剛」之姿出現、讓農藥和化學殺蟲劑束之高閣的瓢蟲，中止了這悲哀的預言。

她們是拯救春天的英雄！

因為瓢蟲是植物和農作物害蟲的天敵，英文名稱雖是ladybug或ladybird，卻並不那麼「淑女」，短短一百天生命週期，可吃掉五千隻以上害蟲，是效果驚人的「活農藥」！

由於省錢、零污染，「以蟲剋蟲」方式又符合生物鏈原則，因此新世紀以來，這美麗小精靈遂一再躍登國際新聞版面，成為可喜的人間福音。

例如二〇〇五年，北京林業局便曾派駐十萬瓢蟲大軍到公園、農田、果園、森林執行殺蟲任務。二〇〇七、〇八兩年，香港迪士尼樂園也分別從美國引進七萬瓢蟲特攻隊，捕食破壞樂園植物的蚜蟲。

更經典的則是，二〇〇七年，紐約從蒙大拿州引進七十二萬隻瓢蟲，於曼哈頓所進行的社區殺蟲行動。這支浩蕩遠征的蟲蟲兵團，在冰箱內呈半休眠狀態抵達紐約後，甦醒過來受命出擊，一舉竟消滅了數十億隻害蟲……

所以，當統計數字告訴我們——台灣單位面積農藥使用量已連續七年高居全球之冠、平均每人每年分攤兩公斤農藥時，為拯救我們受難的土地，不使摯愛的家園成為農藥島，遂不免期盼——親親小瓢蟲，不只是我的，更是這美麗之島的吉祥物！

而如果有一天，我們竟真能吃到標示「瓢蟲把關的大湖草莓、林邊蓮霧」，或「瓢蟲照顧的本土有機蔬菜」，那又該是多麼卡通、童話，多麼令人心安愉悅的一件事！

雖然昆蟲學家說，少數幾種素食瓢蟲如南瓜瓢蟲、馬鈴薯瓢蟲、墨西哥豆瓢蟲會啃食農作物；另外，一種從亞洲引至歐美的「殺手瓢蟲」，取代當地原生種瓢蟲後，也造成「乞丐趕廟公」的問題，但若從永續角度看，專家仍肯定瓢蟲對人類貢獻遠超過它的負面意義。

因為是這樣一種可親可喜復可敬的生態小英雄！

於是，每當她們扛著美麗如謎的圓點出現，便忍不住想問——是風？還是幸運，把妳帶到我面前來的呢？

我喜歡生活世界裡，散布星星點點的瓢蟲圖案。她們的存在，暗示我擁有豐盈的幸運，應知所感恩外，更提醒著我——要過一種友善地球的生活。

以瓢蟲為吉祥物，大概是再吉祥不過的事了。

下次，去巷口雜貨店買雞蛋，再遇見那喜歡「麵包超人」的男孩，我想送他一組瓢蟲貼紙、和他分享一種可愛的歡愉：

「跟你說，阿姨也有吉祥物哦！只不過阿姨的吉祥物是瓢蟲……」

咖啡．蝴蝶．我

那是我所喝最貴、最快樂的一杯咖啡。

那是我所喝最貴的咖啡。

一杯五百元。

但也是有生以來所品嘗最快樂的一杯咖啡——公平貿易咖啡。付出紙鈔的同時，我彷佛看見，衣索匹亞金黃烈日下，一位黝黑純樸老農的微笑……

是仲夏午後，我穿越半個台北盆地，來到這隱於平常巷弄間的風格小店，華人世界第一個公平咖啡之家。

高拔亮麗的蟬嘶，與直逼攝氏三十八度的暑熱高溫，都被阻隔於霧色玻璃門外了。坐定後放下背包，環顧四周，明朗清寂的空間裡，一位女性顧客正興味盎然翻閱雜誌，另一戴耳機年輕男孩，則專注地使用他的蘋果電腦。

我一邊傾聽咖啡豆在研磨機內雀躍撞擊，如一支開心即興的搖滾，一邊打量櫃檯上那一排來自南投阿里山鄒族的「山豬糖」時，所點的摩卡咖啡送來了。

細緻均勻的奶泡上，一朵雪白奶油如鮮花飄浮。我輕啜一口，肉桂濃馥的辛香，擁抱咖啡之苦甜，且以絲絨般流麗滑順的口感，立即滿足了舌尖的探險、挑剔的味蕾，在這雲淡風輕、恬然獨處的下午，忽令人感到一種簡單的人生幸福。

這來自第三世界芳醇的黑色飲品——我凝視牆上那醒目的「公平貿易」標籤，開始思索——是出自一雙如何粗糙多皺的手？而這雙手，又是經由怎樣播種、耕耘、照顧，把小紅櫻桃似的咖啡豆摘下來，水洗、揀選、曬乾、裝袋，再交給收購商？而在並無公平貿易的年代，那些如苦力般弱勢的咖啡農，又是如何毫無招架之力地，在跨國中間商嫻熟運作的議價過程中含淚賤賣，然後，這凝聚了無數辛酸的所謂「血汗咖啡」，才終抵我們細緻光滑漂亮的骨瓷杯裡，點綴了無數寧靜美好的午後時光，讓我們得以享受這舒適優雅的閒情？

優雅閒情的背後，是我們這些喝咖啡的人所看不見的——不公不義的血汗剝削與壓榨！

據說，在印尼蘇門答臘，和「咖啡的故鄉」衣索匹亞，傳統咖啡農一日所得，竟買不起一杯星巴克的卡布奇諾或雀巢即溶咖啡！不，這些年收入遠低於聯合國所訂「貧窮線」基準的農民，不但喝不起他們親手種植的咖啡，所居社區連水資源和衛生設施都很缺乏，更別提子女上學受教育的可能了。

當咖啡已成為一種全球化商品、交易量僅次於石油、全世界每天都有成千上萬的雅痞在享受這風格休閒飲品時，令人驚訝且慚愧的是，第三世界邊緣國咖啡農，辛苦工作的回報卻少於咖啡售價的1％。那也就是說——當一杯雀巢咖啡或星巴克拿鐵以台幣一百二十元賣出時，這杯咖啡生產者的所得，卻不到一塊錢！絕大部分利潤，不幸，也極不公平地，都落入跨國中間商巨大深邃的荷包裡了。

如果，操控市場的跨國中間商可以「肥貓」稱之，那麼，無能議價、處於市場資訊不對稱劣勢中的窮咖啡農，便只能說是「瘦鼠」了。

即使肥貓收購價遠低於成本，但因咖啡豆無法久存，瘦鼠除忍痛拋售俗稱「黑金」（black gold）的咖啡豆外，也別無其他選擇。於是在整個咖啡貿易鏈裡，赤腳赤貧的第三世界咖啡農，遂成飽受宰制的「血汗勞工」。

為此，存悲憫之念的有心人，乃繞過跨國集團，直接到產地進行第一線交易，希望在最少中間者介入的情況下，讓咖啡農得到公平合理的報酬，這便是所謂的「公平貿易制度」。從上世紀後半期迄今，這另類制度，除建立了產品認證體系、設計出國際公平貿易標章外，收購對象還從咖啡，擴大到可可、茶葉、稻米、香料、蜂蜜、堅果、棉花等農作物。

有趣的是，童趣與抽象感兼具的公平貿易標章，是一個像兩隻眼睛、又宛如變形太極的可愛圖案。這令人過目難忘的鮮明標章，只授予公平貿易組織所認可的符合勞動人權（例如不雇用童工）和「第三世界發展利益」的商品，所得利潤則回饋農民，用來從事當地衛生、教育、醫療建設，並且還派專家到這些地區指導耕種技術、環保知識，希望讓永續發展成為可能。

雖也有經濟學家對公平咖啡提出不同意見，但我所找到的幾份資料，例如英國薩塞克斯大學和美國科羅拉多大學統計學者所主導的分析研究，都正面肯定——公平貿易確實改善了咖啡農收入和生活品質，同時也因得到指導之故，公平咖啡生產者比傳統咖啡農更能改善咖啡品質，他們的子女比傳統咖啡農子女，也更能得到良好的教育機會。不過，真正令我觸動的，卻還是一位衣索匹亞社運工作者樸素感性的心聲：

「公平貿易使我家鄉的咖啡農得到應有的報酬，貧窮與不公平的錯誤正被修正，我在過去幾年看到了希望之光！……」

酷熱的夏日午後，於是，這便是我特別穿越大半個台北，到這小巷弄間公平咖啡之家來的緣故了。

我希望透過前來品嘗一杯咖啡的舉動，表達對公平貿易的支持，呼應濟弱扶傾的理念，向理想主義者致意。更何況這還是華人世界第一個公平咖啡之家呢！我為我們島上同胞有這樣放眼天下的關懷，感到驕傲。

其實，我不喝咖啡。

但在這蟬嘶激情的夏日，以一杯苦甜咖啡，來參與改變這世界的不公平，並落實我對某些價值和理念的追求，是快樂的一件事！

而當店員告訴我，他們每賣出一包咖啡豆，便挪出十元來對抗全球暖化，且店內每杯咖啡都由客人自訂價格、自由付費時，我從錢包掏出了那嶄新五百元現鈔，放在櫃檯上。

「不用找錢。」

我說，然後推開霧色玻璃門離去。

那確實是我所喝最貴的咖啡。

但也是有生以來最有意義的一杯咖啡，以及，所繳交最便宜的學費！

因為就在這不起眼的小小咖啡學堂裡，這個午後，我扎扎實實上了一堂消費倫理的課程。

那生動的課程提醒我，做為消費者，我們不應只局限在價格、品質、「俗擱大碗」

或「是否賺到了」之類的思維上打轉。可以思考、關切的事還有很多，土地和生產者的處境，不就是更有意義的課題嗎？

我彷彿真的看見，衣索匹亞老農在陽光下的微笑了，因為一杯真誠付費的公平咖啡！

當然，一杯咖啡微不足道，但「蝴蝶效應理論」不是這麼說嗎？——一隻蝴蝶在巴西搧動翅膀，會造成佛羅里達一場颶風！

那個下午我所以如此快樂，我想，或許便因我是那輕輕搧翅的蝴蝶吧！

海水是甜的

終有一天，海水和淚，都是甜的！

為愛啟程——角落之1

不喝咖啡，但幾度觀望，之後，終還是走進了陋巷底那迷你咖啡工作坊。

因為工作坊有個謙遜的名字——角落咖啡。

因為角落，總是邊緣，而非中心。

因為角落，總低調安靜，而非主流；總僻處不起眼的一隅，卻不以醒目、喧譁、張揚，誇示其存在。

那含蓄的部分，反使所謂角落，一個緘默無言的空間，成為充滿表情與故事的地方。

故事，便從我走進無人光顧的「角落」開始。

主題，是一杯充滿元氣暗示的「日出咖啡」，不附銀匙，卻以一截棕紅辛香之肉桂樹枝，供你攪拌糖粒與苦液。

微笑領受這單純風格，那就以桂枝為槳，緩緩划過理查．克萊德門如溪水般之鋼琴背景音樂〈給愛麗絲的詩〉吧！

於是，一個無名的春日雨晨，在某一人間角落、歲月角落，非常戲劇性地，我品味了一種不曾品味過的低調奢華，想起村上春樹在散文集《尋找漩渦貓的方法》中所題詠的「小確幸」。

日文「小確幸」（小さいけれど確かな幸せ）指的是「雖小，卻很確實的幸福」。村上說，當他「忍耐著做完辛苦激烈的運動後，喝到清新冰冽的啤酒」，那種經由微不足道的生活瑣事，所感受到的深刻愉悅，便是「小確幸」之妙味；而如果沒有這種「小確幸」，村上說，「人生不過是荒涼貧瘠的沙漠」。

人生本質，其實是類如沙漠荒原的——村上的意思是這樣——但生活中令人依戀的細碎美好，在光陰小徑上星星點點，一路散布灑落，迤邐成可感與令人欲淚的幸福，原本荒瘠乏味的人生遂變得可愛了。

而清光寂寂，那無言無名的冷春之晨，手捧一杯暖燙的「日出」，在一種小確幸氛圍中，心柔念淨，想到這平凡早晨，又是一個為愛啟程的光明之日開啟時，與村上一樣，同感讚歎，我發現，所謂「小確幸」，其實就是這千瘡百孔的人間世，如閃電般一再燃亮我們心中愛與眷戀之火種的——

美感角落、微笑角落，與感恩角落啊！

最美的角落——角落之2

而關於「角落」，我不能忘懷的另一故事與場景則是，烈陽炙人肌膚的初夏某日，方結束基測模擬考的鄰家男孩從學校回家，信心十足，宣稱國文「穩拿高分」的一個原因是，那「超好發揮」的作文題恰為——

最美的角落。

撇下怔怔無言的我，當男孩咚咚咚一路雀躍奔上公寓樓梯時，我自問，這世上可有「最美的角落」？

若有，「最美的角落」當如何定義？

當然，就主觀感受言，每個人心中「最美的角落」意義不同。

但如就我個人來說，即令我最最親愛的寫字檯——我在茫茫書海中自在悅讀的一處好望角，我每天神遊四海、發呆作夢、天馬行空胡思亂想的自由空間，一名創作者據地為王、凝神書寫、與世界對話、與電腦溫存的一座天使島——都還不能算「最美的角落」，只能說是一個「寧馨的角落」。

當這世界還有屠宰場與戰區存在，當黑街暗巷的陰影間還有許多被棄的貓狗莫名受苦致死，當我們所不知道的地方還有許多殘忍悲傷的角落存在時，所謂「最美角落」之想像與歌頌，多少，便令人感到不忍。

我想，「最美的角落」應是一篇我寫不出、寫不好、若參加那國文模擬考必得分甚低的文章。

如必欲定義，那麼在我心中，所謂「最美的角落」便是——蒙受祝福與恩典，絕對且完全，從殘酷、痛苦、傷害、恐懼、流血與流淚的折磨中，澈底獲得解放的地方。

而關於「角落」，我內心最大膽、也最需要熱情勇氣才能予以描繪的狂想則是——但願有一天，屬於我個人定義之「最美的角落」，不只是零星散布的人間據點，更是擴及全球的普遍性存在。

海水是甜的——角落之3

遂常想起艾青的詩〈海水與淚〉。

這首納天地所有缺憾苦難，以及，將所有缺憾苦難還諸天地之願景於筆下的詩，只有簡潔八句——

海水是鹹的
淚也是鹹的
是海水變成淚？
是淚流成海水？
億萬年的淚
匯聚成海水
終有一天
海水和淚都是甜的

此詩令我震動感歎，是因為結語所言，其實是神的工作，非人能耐所能及。但艾青卻翻鹹為甜、翻沉重苦難悲情絕望為終極幸福之祝盼，且以斬釘截鐵、筆力萬鈞的「終有一天」宣示其絕不動搖的信心！這種對人性光明和烏托邦世界頑固執著的信念，實不能不令我肅然起敬，卻又憮然生慨。

我喜歡這首詩，但不相信結語能夠成真。直至我讀到已故巴勒斯坦學者薩伊德，和以色列音樂家巴倫波因，攜手同心，合力打造人間一個「最美的角落」的故事時，我成了艾青的信徒。

我想，薩伊德和巴倫波因也深信「終有一天，海水和淚都是甜的」吧！

因為這兩人雖來自當今世上最敵對、最相互仇視的國度，但卻超越在盤根錯節、複雜難解的歷史衝突與土地政治現實的糾葛之上，號召了百餘位以色列和阿拉伯回教國家青年，共組成一個跨國籍、種族、文化背景與宗教信仰的管絃樂團。

那是薩伊德和巴倫波因在邁進千禧年時，送給這世界的禮物。

當今世上最尖端與最高科技武器，在中東不能達成的「和平與民主」、「諒解與寬容」，他們達成了。

尤其當這些原屬「敵國」、「世仇」的年輕音樂家，發現他們的父祖兄長們，曾在戰場上捉對廝殺；而薩伊德和巴倫波因，更是他們此生所接觸的第一個「不是軍人或開著坦克」的巴勒斯坦和以色列人時——一個接納擁抱對方、如《聖經》所說「愛你的仇敵」、期盼終結流血流淚歷史的程式，被按鍵啟動了！

透過音樂對話與交流，薩伊德和巴倫波因企圖瓦解——以阿陣營長久以來堅不可破的仇恨、積怨、歧異、非我族類和宗教狂熱的迷思，以及，人，慣將「異己」他者化

（othering）的錯誤。

二〇〇一年夏天，巴倫波因個人首先突破禁忌，在耶路撒冷指揮演出華格納樂劇序曲〈崔斯坦與伊索德〉。音樂巨匠華格納作品在以色列向被禁止演出！因為二次世界大戰期間，猶太人都是在納粹播放的華格納音樂中送進毒氣室的。華格納，因此，是以色列人心中永遠的恨與痛！雖然巴倫波因當日在耶路撒冷首演華格納時，有聽眾憤而離席，但在藝術召喚下，現場上千名愛樂者，終還是將自己從恨與痛的歷史捆綁中解放出來，熱烈鼓掌認同。

然後，二〇〇五，也就是薩伊德去世第三年，巴倫波因更首度率領了那由以、阿青年組成的管絃樂團，在警衛保護下，前進巴勒斯坦演出。對樂團中所有以色列成員來說，這是第一次，他們踏上「敵人」、「世仇」的土地，微笑遞出善意、和解的橄欖枝！

如今，善意、和解、芬芳的橄欖枝，持續傳遞中……

那麼，這為愛啟程、突破重重困阻的管絃樂團，豈不是世間一個「最美的角落」之現場？

由於人間有這樣打造「最美角落」的有識、有心、有行動的大悲大愛者存在，於是，我同意艾青——

終有一天，海水和淚，都是甜的！

無懼地老天荒

我學習每天醒來，帶著它進入生活，去抵抗一切陰暗負面的事物。

看到一份有趣的資料。

是「英國文化協會」對全球一〇二個非英語系國家、近五萬人所做的訪問調查。訪問題目是——

你心目中最美麗、最喜歡的一個英文字是什麼？

結果世人公認，最美、最喜歡的英文字是——mother（母親）！

其下，第二至十的排名分別是——passion（熱情）、smile（微笑）、love（愛）、eternity（永恆）、fantastic（美妙的）、destiny（命運）、freedom（自由）、liberty（自由）、tranquility（寧靜）。

而相較於mother高居榜首，令人意外的是，father一字竟遠落在七十名之後，連

banana（香蕉，四十一名）、peekaboo（躲貓貓，四十八名）、kangaroo（袋鼠，五十名）、hiccup（打嗝，六十三名）都不如！

如果，這也算一種跨文化「普選」，其結果是一種全球性認知與評價，那麼父、母角色，在人類家庭生活和許多個別生命中，落差至此，真值得天下所有父親、男性深思。

至於熱情、微笑、愛、自由、寧靜，名列前茅，在某種程度上，反映了廣被嚮往、追求的普世價值，因此，若逆向思考，票選「你最不喜歡的一個英文字」，那麼「拔得頭籌」的，或許便是war（戰爭）、devil（魔鬼）、evil（邪惡）或hate（仇恨）吧！

放下資料後，基於好玩，我也以「英國文化協會」那題目自問。結果發現除幾個單詞如——fruitful（豐收的）、juicy（生趣盎然的）、lucky（幸運的）等——不論音、義均令我在精神上感到愉悅，因而別具好感，之外，似並無特別偏愛的英文字。

倒是中文，相形之下，感受鮮明強烈許多。

而我記得童年時，最喜歡的一個字是，糕。

最不愛則是——棺材、蜘蛛——甚且厭惡畏懼到不願、不敢在紙上書寫它們的地步。

這種強烈的厭憎，應是反映了我對死亡，和張牙舞爪、猙獰形象的恐懼吧！

至於「糕」之戀，則是因物資匱乏、經濟困窘的童稚歲月，父親下班，偶爾會帶回路邊攤販剛烘好的小蛋糕。柔軟噴香的甜糕，從微沁油漬的粗紙袋取出，輕放至我高高舉起的掌心時，那豪華、幸福之感，不僅一整晚都掩不住一個小女孩盈盈笑意，且戲劇性地成為她終生無法抗拒的意象或情意結。

我至今自己不再畏懼「棺材」、「蜘蛛」，但不論聽聞、眼見「糕」字，卻仍沒來由一陣開心，有明顯的情緒反應。

而「糕」之外，有趣的是，現在，我也喜歡「餅」字。因為至愛的知己愛餅——蔥油餅。跟著他一起喜歡後，我發現，餅，其實是人類飲食中一項了不起的發明，不論內餡甜鹹或有無餡心，一餅在手，立刻消饞解飢，令人高度滿足。總之，餅之為物，予人歲月靜好、人間太平的聯想，是一種使我感到踏實心安與親切的存在。

所以，「最美麗，或你最喜歡、厭惡的一個（些）字是什麼？」的個人化答案，我想，遂不只是我們對某些字、詞的愛憎而已。往往，不自覺間，它也反映了我們的潛意識、內在心理、生命故事、人生體驗，或甚至我們的價值觀與生活哲學。

而在我心中，最美、最難、最有力量、最被迫切需要的一個字是，愛。

那也是我在人間行走、賴以生存、確立生命品質、構築家庭生活，不可或缺的基礎元素。

為此，和國外念書的孩子skype，例皆以「爸媽愛你們」作結，而他們總以「我也是」含蓄回應。

日前心血來潮，半開玩笑半認真地請小孩具體說出那關鍵字。兒子照辦後，女兒卻說不出口。

我了解女兒，知道她說不出口，是因太看重這個字。這並沒有什麼不好。但過度神聖化這字的背後，卻也反映了她害怕被愛傷害的脆弱心態。

現在我已逐漸明白，真正的愛，是不怕被傷害、不會受到傷害、也不可能被傷害的。

我不是基督徒，但卻從耶穌痛憐世人、捨身釘十字架，為愛一詞做了空前絕後、最驚天動地的詮釋中，認識到這一點。

當然，愛的行動遠比言語重要。所以，不必把這神聖美麗之字掛在嘴邊。但話說回來，若企圖閃躲迴避，不能輕鬆面對、自然坦然道出，那麼如是之愛，我懷疑，卻可能仍是信心不足、體質虛弱的。

我相信，害羞、緊張、憂慮、恐懼，在真正的愛裡不存在、不應存在，也不必存在。

這龐大艱難的生命主題，從往昔懵懂青春，迄今行至人生早秋歲月，其實亦不斷考驗、挑戰著我，是我一直在努力思索、修習與突破的功課。

我學習每天醒來，帶著它進入生活，去抵抗一切陰暗負面的事物。盼望這積極開闊的情懷，是照澈心靈死角，驅逐恐懼、虛無、衰弱，日日升起、永不缺席怠工的陽光！

記得亦曾讀到一則報導：

本世紀初，科學家以海爾天文望遠鏡，發現了目前所知宇宙中年代最久、離地球最遠的半星球體（quasar）。此星體位於大熊星座北斗七星杓形下方，約距今一百億年前誕生，距離地球有一百四十億光年之遠。

至於美國天文學家哈柏則表示，地球所處的銀河，只不過是宇宙中五百億到一千億個星系中的一員而已……

面對如此龐巨可畏的天文數字，常想——當我們在不可想像、無從理解的超大宇宙中，短暫渺小的存在連針尖都遠遠不及的時候，活著，或所有奮鬥的意義是什麼呢？

所謂永恆、不朽，是何等虛無！

所幸，長久跋涉、顛仆與思索後，從淚光與微笑中昇華，我終於再次確認，那關鍵字在生命中無可取代的關鍵性。

因為虛幻當前，唯一能具體掌握、並證明存在意義的，除了每天、當下，那真實熱烈的愛之外，還能是什麼呢？

愛字當前，無堅不摧，亦無往不利，如融冰般，終化解了天文數字那排山倒海而來的沉重壓力，而虛無，亦終成不再具威脅性與被放逐之概念。

我終於明白——

有限的年光裡，最尊嚴美麗、強大無敵的字是，愛。

不論英文或中文。

愛的宇宙裡，沒有害怕、憂慮。

只有每一分每一秒都不擬虛度的熱情與堅持。

因為愛——

我無懼地老天荒！

《聖經》與我

親近《聖經》於我，不僅是普通的閱讀馬拉松，更是一場綿亙雋永的超馬歷程。

雖是一名非基督徒，但我卻始終在生活裡保持著閱讀《聖經》的習慣。

那是我生命中非常特殊的一場馬拉松，從二〇〇〇年迄今，紙葉間十餘年歲月漫漫跋涉，一次又一次地摩挲掀啟，屬於我的那本「聖善之書」，棗紅色精裝封面早已斑剝成一種耐人尋味的時光圖案，封面上原本簇新燙金的「聖經」二字，也開始呈顯出滄桑黯沉的古銅風味。從我個人所作紀錄來看，十餘載流光，此一西方經典，我已反覆來回閱讀至第六次，即將展開第七度重溫細味的腳程了。

身為一名文學工作者，當然，閱讀是我例行的日課、工作，或說「專業」。但浩浩書海，難以數計的中外典籍中，如此規律、有恆、認真地一讀十餘年，且屢屢重返首頁，一再進行細閱輪迴之書籍，竟然並非文學作品，而是宗教經典，也不免令我自己大感意外。我甚至有此預感——這可能是我將持續讀至生命最終的一部書！果如是，那麼，親近《聖經》於我，便不僅是普通的閱讀馬拉松，而竟是一場綿亙雋永的超馬歷程了。

朋友總不解問我，既非教徒，為何勤讀此書，甚至比一般正規教徒還虔誠？我想，最初，應是關鍵性的兩句話，啟動了這閱讀因緣與契機——一是學者曾說：「《聖經》是人類有史以來讀者最多的一本書」，另一則是人類文化學家擲地有聲的結論：「《聖經》裡面有一座圖書館」。

學者之言令我自慚，因為若「讀者最多的一本書」，我竟未讀過，實有虧所謂「專業」職守。至於文化學家的頌歎則提醒了我，此一歷數十世紀不衰的重要經典若是案頭一座圖書館，則其內蘊豐贍可以想見，即使不是教徒，但身為人類社會一份子，基於理解與求知，無論如何，至少也應讀過一次吧！於是，乃從書櫃最上層，取下大學時代一位學長鄭重持贈、卻被我束之高閣多年的塵封典籍。

如今，以後見之明來看，那平凡一如往日的早晨，我爬上墊高的椅子，顫巍巍自書櫃頂端取下《聖經》，拂去封面蛛絲塵埃，開卷從〈創世紀〉首行讀起的舉措，竟好像是生命中一個微妙的「千禧行動」了。

因為那天是二〇〇〇年四月十九日，舊世紀行將進入歷史、新世紀正大張旗鼓煌煌然跨步行來之際，兩伊戰爭剛結束，九一一尚未發生，猶默默無聞的歐巴馬競選參議院席位失敗……一個平靜平淡、絲毫不值得去書寫記述的日子。但就在這一天，打開時光封鎖的一部靜默經典，企圖參透這經典奧義與生命奧義的歷程，卻由一隻神祕之手按鍵啟動了！而如再仔細推算，那麼，距離此書由那溫暖的基督徒學長交付至我手中，竟也已有二十多年之久了。

二十多年前，依稀記得，那慣以淺紫絲帶將長髮收束在腦後的學長室友，常好心耐心邀我，星期天早上與她同赴教堂，去「蒙受神的恩典教誨」。但顯然不夠格成為「上帝選民」的我，總找各種理由推拖搪塞。後來這事漸成一種壓力，星期天一早我便從寢室悄悄消失，半是玩笑也半認真地在心中自許為一名「異教徒」。善體人意的學長知我刻意逃避，遂再不提赴教堂之事。兩年後學長畢業，搬離宿舍，在那個晚霞燒得異常熾豔的黃昏，她忽將一本全新精裝棗紅封皮《聖經》，遞至我手中，然後微微一笑，轉身離去。淺紫絲帶紮束的馬尾，在夕暮金紅柔焦鏡觸裡逐漸淡出，那樣恬淡安靜的背影，哎，千言萬語，真的是盡在不言中！

我感謝學長盛情，雖將《聖經》置於床頭書架，卻始終不曾展卷。新學期來臨時，因與一位頗強勢的僑生室友相處不很愉快，自覺委屈之際，某一深夜，輾轉難眠，不知為何竟從架上抽出《聖經》，走到寢室外，就著長廊昏黃燈光翻閱起來；更不知為何，才隨意掀翻幾頁，竟讀到這樣的句子：

你為什麼只看見你弟兄眼中有刺，卻不想自己眼中有梁木呢？

恰如一只金蘋果落在銀網裡，那充滿說服力與感染力的警句和錦句，當下直擊生命痛點與盲點，我瞬間熱淚盈眶，湧生頓悟的感動，覺得自己在這友誼的齟齬中其實也是有責任的！而環顧長廊，四下無人，那以「你」為對象，天地之大、並無他者，似就只對我個人發聲的文字，確實帶給我很大的溫慰，彷彿正被一個完全了解、包容你的人所開導。那是我閱讀《聖經》的「初體驗」，一種前所未有的精神洗滌！

只是，世事難料，初體驗後再重拾此書，卻不想時光竟已跳接至四分之一世紀後了。二〇〇〇年春四月某日，取下這睽違已久、塵封已久的書卷時，如遇故人！我翻動《聖經》細緻透薄、手感如洋蔥皮般的紙張，想起那段極不成熟的年少光陰，不論往事如煙，或並不如煙，都覺得自己不應陷溺在悵惘的時光感慨中，於是，乃對那懵懂苦惱的青春歲月，擲以淡然一笑，任其飄然遠引，一去不回。

我的讀書紀錄顯示，第一次讀完全本《聖經》，是二〇〇三年四月十七日，整整花了三年時間。當初原以為讀畢一次即可，但由於《舊約》裡多處大舉屠城的記載、對原住民的侵略毀滅、以色列血腥的本位主義，令我深感震懾意外，完全不能理解為什麼一個以愛為名的宗教典籍，竟充滿如此殘酷的敘述？

但讀到《新約》，我又處處驚豔、盛讚、浩歎不已——最後晚餐的歷史性畫面，「五餅二魚十二籃」的美麗傳奇、「窄門」與「芥菜種籽」的智慧提醒，「野地百合花和所羅門華服」的詩意象徵，「鹽與光」、「駱駝穿過針眼」的生動比擬，「一粒麥子落地而死」的大愛隱喻，「你每根頭髮都被數過了」的非人思維、神奇表述，乃至，髑髏崗上耶穌捨身釘十字架猶不忘祈求他的天父赦免所有置他於死地的人，「因為他們不知道自己所做的是什麼！」那驚天地動鬼神何其傷痛卻又何其溫柔的故事，以及，〈哥林多前書〉對愛的燦爛詮釋，〈啟示錄〉中那神祕玄奇駭異、宛如科幻文學發展至極致的異世紀寓言與預言等等，每一次閱讀，都無不使我大受啟發，感動振奮莫名，或深深為之吸引著迷，再無法將此書歸回原先的書櫃。

我覺得，人類史上這麼重要的一部鉅著，僅讀一遍是不夠的。這深邃的「圖書館」，尚有許多祕藏待我發掘、許多大惑不解的部分待我釐清，於是首次終卷後，我回頭翻至〈創世紀〉，開始了第二輪、第三輪……的閱讀。

而就在這一次又一次周而復始的循環中——兩個孩子先後從大學畢業、進研究所、出國讀書了；我不斷犯錯也不斷以愛彌補修復的倫理生活，開始進入秋光清寧的所謂空巢歲月；然後，美國本土發生了第一宗震驚世人的恐怖自殺攻擊事件，布希矢志摧毀海珊政權的伊拉克戰爭持續八年傷亡無數後終宣告結束，原本籍籍無名的歐巴馬迅速崛起創造歷史成為美國第一位黑人、非洲裔與出自單親家庭的總統，而氣候異常、臭氧層破洞、人類糧食危機、地球暖化現象、生物多樣性消失、基因改造食品引起廣大爭議、SARS與金融海嘯席捲多國史無前例地使整個地球村成為愈來愈唇齒相依的命運共同體……

這閱讀《聖經》的十餘年，不論在我屋簷下，或屋外那遼闊廣大、風風雨雨的世界，都充滿了令人驚異震撼的衝擊、變化與動盪。但無論如何變化動盪衝擊，那傳承兩千年的靜默之書，卻都以如雷貫耳的堅定冷靜，呼喚我勿忘生命的意義與責任是——信、望、愛，並且一再提醒、鼓舞、啟發著我——即使這世界與人間萬象令人絕望如冰，但身為一個心中有愛有熱有光的人，我必須，也應極盡努力，讓自己的心成為一座不凍港！

這或許便是後來，我一再閱讀《聖經》的原因吧！求知、解惑的動機依然存在外，也為了尋求智慧、天啟與心靈內在的強壯。

如今，每個星期一早晨，彷如上我個人專屬的無形小教堂，我慣於在晨光中先讀《聖經》，再開啟電腦。一週工作由此非常個人化的寧靜儀式展開，生活的步履，倒也自信從容愉悅，甚至虔誠起來。

而成為「資深」《聖經》讀者後，當然，朋友也常問我，會不會就此受洗成為基督徒？雖說世事難料，做人不應太鐵齒，never say never，但我卻猜想如此可能性或許不高。

因為所謂信仰歸屬、對上帝的宣誓，「除了我之外，你不可有別的神！」這樣的承諾，畢竟太大、太沉重、太專斷封閉，也太神聖，是一種絕對的排他性，我覺得自己好像不能、也不敢輕率貿然跨入。此外，《聖經．舊約》亦有許多不可持香敬拜「別的神明」的警告，語氣非常強烈嚴峻，為此，據說台灣基督徒祭祖都不拿香，這存在於宗教戒律和傳統禮俗間兩難的文化衝突，自也不免令我深感猶疑。

常想，處在這多元化時代，信仰是否也可以多元？是否，在「唯一真神」外，人還可以有別的選擇、可能呢？

當佛教成為澳洲第二大宗教後，曾有嚮往佛教教義的天主教徒問星雲大師當如何？星雲的回答是：

「我提倡第二種宗教信仰，就是說一個人可以信兩種宗教，就像飲料，喝茶很好，喝汽水可樂也很好。第二種選擇讓人生更豐富有趣，沒什麼不可以。」

令人莞爾的回答背後，倒也揭示了一種並存、共生、開放、包容的劃時代宗教觀。

基本上，我佩服比爾．蓋茲如此氣吞寰宇的自信：

「我和宇宙（universe）相處得很好，無須信教。」

我花了數十年工夫，才學會和自己相處得還不錯，若論及和這世界、和宇宙「相處得很好」的境界，則實還有太多有待努力之處。

雖然，我無法斷言自己「無須信教」，但卻漸漸覺得，是否成為教徒的課題，已不再那麼重要。

重要且可喜的是，面對永恆的大謎、生命的困惑、俗世的煩惱，渺小卑微如我，卻還在一座偉大精深的圖書館裡潛心、虔心、全心閱讀，誠懇專注地汲取智慧。

這圖書館的名字叫——

《聖經》。

看見七棵樹的微笑

虛空有盡，我願無窮，此生做不完的事，當在未來無量生中逐一完成！

初春時節，一個陽光晴美的日子，朋友邀我同訪法鼓山。

法鼓山主持者是聖嚴法師。早年我偶然接觸到他的一句話「兒女是父母的菩薩」時，曾深思良久，心想，能講出如此別饒深意、啟發人心的話，一定是很有智慧的人吧！後來在報上讀到，聖嚴是一位提倡環保的宗教人物，更引起我的注意。為此，我在撰寫《青少年的四個大夢》第四冊，以環保為主題時，便曾特別寫過一篇題為〈聖嚴與慧娘〉、關於民間焚燒紙錢課題的文章。

由於法鼓山位於新北市金山區，就在我常去的父親安息之地——金寶山——路上，因此當朋友提出邀約時，我未假思索便答應了。而我也還記得，就在去年十月，法鼓舉行開山典禮時，媒體也曾大篇幅報導過包括總統及藝文界、演藝圈名人如林懷民、李連杰、林青霞等都曾出席參加，一時之間冠蓋雲集，但聖嚴卻為這開山典禮揭示了「大悲心起」（The Rising Great Compassion）的主題，並且，還以全體人士全程禁語的方式進行。

這同樣極富創意和啟發性的作法，令我印象深刻。因為言語常是紛爭和誤解的根源，《聖經》上也有「管好你的舌頭，才能管好你的心」的訓示。更何況，禁語，靜默，往往也是我們走向深刻、回歸內在安寧與真誠的唯一途徑！但試想，幾千人，且全是重量級人士聚集的場合，除鐘鼓之聲，再無人語，那真是何等奇妙、特殊的場面！為此，我為那近乎超現實的景象再次陷入深思。

想來人生真是無法推算的，就在先前這些契機之後，我實在並未想到就在這春日，因為一個偶然即興的邀約，能親訪法鼓。

當朋友那輛輕捷靈活的銀色喜美，才一進入法鼓山徑，從車窗兩邊望出去，你就由樹石溪流完全保持原貌、不做改動、令人舒服愉悅的景觀，充分感受到此地尊重自然的作風和立場。山門採原石原木原自然色澤、唐式建築風格、典雅素樸的面貌，也令人當下莊嚴起來。

而在山上短暫停留的四個鐘頭裡，我不曾看見任何一根金紅碧綠的梁柱、一塊雕龍刻鳳的磚瓦、一根煙絲繚繞的線香、一張燃燒祭拜的金紙。餐廳裡，簡單的奶素菜餚、一律使用不鏽鋼碗筷的待客之道；再加上圖書館當初興建時，為了不砍館前那七棵樹齡已逾百年的高大雀榕，硬是更改了設計圖的做法，都莫不令人強烈感受到，這是一個澈底尊重生命、維護生態、把宗教慈悲心落實在個人生命理念與生活方式的地方。

春日微風之中，當我流連於那如今被稱為「七如來」的七株雀榕下時，清蔭覆垂、無言說法的碧樹，像一首首令人心境澄明的詩，在悠緩的人間時光裡，正細細述說一則關於愛、溫暖、關懷、不忍，以及人與自然歡喜共存、和諧並生的故事。撫摸粗糙而似有溫度的樹皮，我彷彿探觸到它們愉悅的心跳、看見七棵樹的微笑。

然後，素白的大廳壁上，當我偶然發現聖嚴一段自述悲願的話——

虛空有盡，我願無窮，此生做不完的事，當在未來無量生中逐一完成！

這跨越生死、穿透時空、對人間難捨難忘的深情與奉獻之心，輕柔，但卻如此實在地撞擊著我，透過窗櫺，遠眺山下迷濛浮動的煙塵，我的眼眶不覺微微潮潤了。

也許，真值得我再坐在山頭，或七株雀榕之下，好好感受，並思考生命許多課題吧！……

坐在朋友駛回大台北的小喜美上，我開始認真地想，因著這一次迷你的春日出訪，初訪，這是我會再來、喜歡來、且可能常來的地方嗎？

巧的是，今年過年前，我剛好第二次讀完《聖經》，正開始第三次的紙上朝聖之旅。

許多人常問我為何讀《聖經》？我也常如此自問。

當然，無可諱言的是，這些年來，我希望透過宗教哲思，化解生命的困惑煩惱，尋求安身立命之道。《聖經》對愛的詮釋、信心的比喻（芥菜籽）、容忍境界的揭示（若有人打你的左臉）、無須為明天憂慮的勸告（天上的飛鳥和野地裡的百合花），乃至耶穌捨身救世人的故事，都曾如佛教經典中許多深深觸動我的書寫如——拈花一笑的禪悟、「色即是空，空即是色」的提醒、「地獄不空，誓不成佛；眾生度盡，方證菩提」的大悲大愛等——在感動我之餘，更曾深深啟發我、影響我、潛移默化我，成為我生命中非常重要的成長養分，並內化為我價值觀的一部分。

但也就在深受這許多直指人心的寶貴教義帶領的同時，內心卻也不免常有許多歎惋。

由於深感人類歷史，其實就是一條鮮血鋪成的道路。過往乃至現在，宗教所帶來的戰爭、流血無數，因此在追尋真理與探索生命奧義的過程中，身為一名徘徊於宗教門外的慕道者，我所始終縈徊於心的一個盼望或祝願遂也是——人間諸教是否能記取這些血染的痛苦歷史，捨棄極端主義和唯我獨尊的排他性，彼此尊重包容、和諧共存，而不再相互抵制攻擊、批評排斥，製造爭端與誤解呢？

若世間諸教能共創一大同境界，以同理心和建設性態度，尊重他教教義，給予異教徒生存空間，且進而欣賞彼此的歧異，這世界，是否會比昨天和今天的面貌美麗？

我還在尋思過程中。

但我相信，只要不為人間帶來殘酷、痛苦、傷害、恐懼、流血、殺戮與仇恨，那便應是真理所在之處，是宗教所應啟示、宣揚與帶給世人的真正福音，同時，也將是我一顆追求宗教的心最終選擇皈依的地方吧！

春訪法鼓，在午後陽光燦爛溫暖的歸途上，我祝願自己，也秉持一顆開放寬容之心，在尋索宗教哲思的過程中，找到終極的真理。

不敢說出名字的愛！

如果親人兒女中，有人是同性戀，你如何看待他們？

和朋友約在「小熊森林」相見的那一天，陽光晴暖，一個很適合茶敘的日子。靠窗位置坐定後，禁不住飲料單上那些美麗名字的誘惑，朋友叫了一盅「紫霧輕嵐」，我則點了一盞「春天的湖水」。

「小熊森林」是一家專賣花草茶的風格小店，從店名到內部陳設都充滿童話色彩。然而那天，當閒聊的感覺如湖水與紫霧般輕輕漾開，朋友卻一點也不童話地談起了同性戀的課題，並且還附帶提出一尖銳之問：

「如果親人兒女中，有人是同性戀，妳如何看待他們？」

如果親人兒女中，有人是同性戀，是的，我如何看待他們？

彷彿突如其來的石塊擲至，一時之間不免為之語塞。

其實對於同性戀，我所知甚少，只透過書籍和報章雜誌，約略知曉相對於異性戀而言，這是一種不同的性偏好，在不同時代、不同社會，曾不同程度地被接受或禁止——例如古希臘人便認為同性戀是比異性戀更高級的愛情形式；另外，在新幾內亞一種勇猛的獵頭戰士——馬瑞德安林人，更曾將同性戀予以制度化。

但由於基督教義把同性戀當成是一種罪惡，早期精神醫學界也將同性戀視為一種精神疾患，認為同性戀者是畸變的「病人」，所以在西方傳統觀念中，同性戀幾乎一直未得到認可。一個非常有名的例子便是英國作家王爾德，因同性戀而被判入監服刑的故事。在一連串道德批判和輿論壓力下，即使是瀟灑不羈、向來我行我素的王爾德，也不得不以前所未有的低姿態，指稱他和情人之間的愛情是「不敢說出名字的愛」！

至於在我們保守的傳統社會裡，從漢哀帝細膩體貼的斷袖之舉以來，由於同性間的「隆情高誼」一直被默許，甚至被讚美著，因此如王爾德那樣不幸的故事雖還未曾聽說過，但透過一些筆記小說，我們卻也約略可以發現，同性間的愛戀情事，畢竟，還是只能在禮教或文采風流的檯面下，以友誼的變貌，非常隱晦地悄悄進行著。

「不敢說出名字」的自白，應是道盡了同性戀者不被支持與倍受排斥、打壓的辛酸。與「眾」不同的性傾向，成了他們的原罪！即使是二十一世紀已堂皇來臨的今天，同性戀者如欲在公眾或親友面前承認自己的「身分」，也需要很大的勇氣，並且要有足夠的心理準備去承受來自各方的壓力，甚至誣蔑。長久被視為「病態」、「異常」、「不道德」的情況下，我相信，同性戀者大概總活得很壓抑、鬱卒、很扭曲的！

不過從二十世紀後半葉起，在西方，同性戀解放已漸發展成一種人權運動。同性戀者不但希望人類社會能容忍、接受他們，並且還要求在就業、居住、貸款、公共政策方面也能與異性戀者一樣享有平等權利。而當如此音量愈來愈高的時候，在某些國家，抗爭與呼籲甚至還延伸成為一項政治議題。

然後，漸漸地，在研究過程中學者們也開始發現，同性戀者腦部下視丘的「性行為中樞」，確實與異性戀者有所不同，因而推論同性戀產生的原因，或許和胚胎發育過程中的生理變化有關。於是長久以來一直以abnormal（不正常）來指稱同性戀的醫學界——例如美國精神醫學會——終將這造成世人偏見的字眼，從文獻中刪除了。

換言之，醫學界已開始認為，除了學習因素外，同性戀者不能自主的性傾向，其實是他（她）們無法擺脫的一種「生物學命運」！

既然上帝的設計如此，是的，既然那就是同性戀者無可扭轉的命運，那麼，「主流派」的異性戀者為「非主流派」的同性戀者貼上「非我族類」的標籤，且予以打壓，是不是便真的有欠公平？

愛情世界只能由異性戀者予以專制或壟斷？

不同形式的愛情婚姻與家庭，只要忠於自我、彼此相愛，且無害於他人，為什麼不能是也受到尊重的倫理生活呢？

所以，如果親人兒女是同性戀——

在短暫沉默的思考後，我告訴朋友，我將義無反顧給予祝福、支持與幫助！

然後，就在那紫霧輕嵐與春日湖水的午後，當朋友隨手在紙片上寫下「不敢說出名字的愛」時，我接過他手中的筆，把「不敢」兩字塗了去。

整個世界是一座希望營

讓我們取法中國文化裡最溫暖積極陽光的一顆心！

最親愛的S：

昨晚打開電腦，收到妳e給我的信和櫻桃酒照片，微笑著分享了妳所謂「處女釀」的喜悅後，把信來回讀了好幾次，我開始陷入一連串沉思中。

說櫻桃酒，當然，言之過早，因為照片裡那透亮玻璃瓶裡，只有纍纍堆疊的赭紅小果子和晶瑩冰糖粒，戲劇性的發酵過程也許已悄然醞釀，但至少眼前並未發生。妳說，劍橋現正是櫻桃季，超市和水果攤到處可見這嬌滴滴水果芳姿。上禮拜，一位朋友更把她家後院那百年老樹所結的土櫻桃，送了妳一大袋，於是，妳遂意外擁有了一個果香四溢的櫻桃週，天天都是「美好的櫻桃日」！但這朋友委實太慷慨熱情了，那麼一大袋紅寶石似蜜果子，怎麼也吃不完，分送給同一樓層幾個相熟的波蘭、中國、日本舍友後還剩不少。想起以往在家，仲春五月，媽常從市場買回一些青梅，洗乾淨了做梅子酒。甜沁沁的梅酒芳醇適口，做滷菜也好吃，而像卵石般顆顆沉澱瓶底的青梅蜜餞，更是妳「無法抗拒的最愛」。離家在外，妳說，有時會想起這酸甜逗人的手作蜜餞，往往五味雜陳，感觸良深。若千餘年前曹操士兵是「望梅止渴」的話，那麼二十一世紀人在異國和論文奮戰——妳戲稱——大概便叫做「思梅欲淚」了。於是，櫻桃週進入尾聲那週末，當往昔某些親切的時光點上，媽媽做梅子佳釀的背影忽明晰起來時，妳遂決定亦要洗手作瓊漿，為自己釀一缽櫻桃甜酒和果子蜜餞了。

從床下取出那大小適中的玻璃罐——妳告訴我，這罐子原本裝一種妳愛吃的希臘醃橄欖，賞味完畢洗淨空瓶捨不得回收，便一直擱置在床底，沒想到如今竟派上用場。於是，就記憶所及，複製媽媽的「獨門祕笈」，一層果子撒一層冰糖，漸次鋪疊至八分滿，一瓶「充滿希望」的「準」櫻桃佳釀，妳興奮宣稱，「就像藝術品般」完成了。

「時間是最好的釀酒師，」

妳這封信寫得很文學：

「記得《水滸傳》裡武松景陽崗打虎前喝的酒叫『透瓶香』，希望我苦中作樂所釀這酒將來即使不是『透瓶香』，至少也是得媽媽真傳的『開瓶香』！」

在壓力沉重的拚論文歲月，親愛的S，我很高興妳能苦中作樂，為自己一成不變的單調生活，安排這麼香甜有趣的休閒和調劑。誠如妳所說：

「日子有時真的好辛苦，苦到令人幾乎想放棄的地步……而個人問題外，偶爾放眼這世界——戰爭、殺戮、饑荒、恐怖攻擊、物種瀕絕、氣候異常、天災不斷……各式各樣令人失望的消息！寫這封信時，媒體才剛報導，挪威發生了一場駭人聽聞的血腥大屠殺。一個三十一歲青年在奧斯陸市中心引爆汽車炸彈後，又帶槍到附近一座小島對夏令營學生瘋狂掃射，短短三小時內就奪走八十條人命，而凶手殺人時竟還戴著蘋果ipod聽音樂，真有夠冷血了！雖此事與我無關，但想到這世界似乎並不那麼可愛，人間苦難深重，終還是沉重萬分……」

美好的櫻桃酒敘述至此，那一路引人遐思的芳醇甜蜜，竟因這不可承受之重，而轉為難以消受的苦澀了。

妳拈出「人間苦難」一詞，唉，親愛的S，我固深感欣慰妳不是一個活在象牙塔中、只關心自己的年輕人；但另方面，非常矛盾自私地，媽卻也不免要想——若對「苦難」冷感、鈍感或無感，若「沉重萬分」這令人心痛的詞彙永不在妳字典出現，該多好？

但既一再信誓旦旦以妳生命中最精采誠懇的朋友自許，那麼我便覺得自己不應也不能，消極地希望妳冷漠且封閉，無視無感於人間陰暗與痛苦。不，一個精采誠懇的摯友與至友，在她所愛之人對世界感到困惑不安時所當做的，豈不應是——跳脫軟弱與自私，溫暖堅定，就站在她所愛之人身旁，與她一起，勇敢面對這「並不那麼可愛的世界」和「人間苦難」，且用心思索，該如何有品質地去回應？

其實，如何有品質地回應我們這一生撲面而來各種大我小我的問題、困惑與挑戰，正是我們永遠無法規避的功課！

而S，妳知道嗎？曾有人做過統計，一部《論語》，輝煌耀眼，光燦燦閃爍著四十五個「樂」字，但無論如何翻來覓去卻怎麼也找不到一愁慘陰鬱之「苦」字！

並不是憂患一生的孔子不知人間「苦難深重」，讀過《論語》，妳也知這席不暇暖、奔走列國、志在淑世的理想主義者不是這樣的人；而當挫折打擊與無力感紛至沓來，這滿懷熱情的達人聖哲，也曾失望到「想放棄的地步」，並發出「道不行乘桴浮於海」這「沉重萬分」的慨歎。

但孔子之所以是孔子，就在於這熱愛生命與人間世的理想主義者，即使面對令他挫折失望傷心的時代，卻也從不曾放棄光明的想法和行動！一句「知其不可而為之」，豈不就無堅不摧、無往不利、無往不立、無往不勵地，驅散了所有負面情緒與思維？

簡言之，在那「道不行」、「禮壞樂崩」、「是可忍，孰不可忍」的悲哀亂世，面對「並不可愛的世界」與「人間苦難」，心靈深處始終信仰一個「為」字的孔子，選擇了從「沉重萬分」的情緒中，堅定優雅地——離開！並且，把所有生命重心與能量，都傾注、focus在對人間有意義的目標上，全力而「為」！

當積極陽光的意念與意願，占領思維的全部；當孔子決定這一生，精神與意志，都要永遠向上昂揚與奔放！如此不惑、不懼、不移的終極關懷與實踐，貫注充實於生命的每一瞬間，已再無餘裕可容任何一絲負面感受見縫插針去削弱豐沛旺盛淋漓的元氣時，逝者如斯，不舍晝夜，那是否便是孔子，這熱情勇敢務實的夢想家與行動主義者，於滔滔時光長河中能「樂以忘憂」，而一部《論語》，輝煌燦爛、高調表態、令後人思索玩味不盡地竟湧現四十五個「樂」字，「苦」卻從不曾出現的原因？

生命，不應浪費、停駐在「苦難」、「失望」的反芻上！這兩樣東西已經太多，世界從不缺它們，無需再強化這龐大的惡勢力，自困「長戚戚」之精神囚籠，卻不妨用心思索、發現讓自己和世界都可愛飛升起來的建設性做法吧！——風簷展書讀，古道照顏色！這是否也就是，一部有樂無苦的智慧經典，兩千餘年後，對衰弱低潮的我們仍持續放送的鼓舞訊息、仍昭昭揭示的信念密碼呢？

那就讓我們取法，啊，親愛的S，中國文化裡最坦蕩思無邪、最溫暖積極陽光的一顆心，也從沉重失望中，堅定優雅地離開，將全副生命重心與能量，都傾注在對自己對人間有意義的目標上，全力而為吧！相信，那便是我們對這「並不可愛的世界」可以做出的最佳回應，也應是我們對自己的創造性人生所可期許的目標。而當我們如是觀想、如是運作，並不那麼可愛的世界，或許，已開始逆轉。

是的，當我們做出有品質的回應，世界的品質也必開始改變！我如此深信。

而去年夏天——不知妳還記得這事嗎？——智利聖荷西銅礦場因坍方意外，曾導致三十三名礦工身陷七百公尺地底深處達六十九天之久，最後因外界全力馳援，幽閉在黑暗之谷如走過死亡煉獄的受困礦工竟全數獲救！在那焦慮不安、倍極煎熬的六十九天裡，殷殷冀盼奇蹟出現的礦工家屬們，曾將災變礦坑外那補給搶救的營地命名為——希望營！

若「戰爭、殺戮、饑荒、恐怖攻擊、物種瀕絕、氣候異常、天災不斷……各式各樣令人失望的消息」，已把人間攪得恍如一座災區，但這世界上，不為我們所知的角落，許多從未放棄光明想法與行動的有名無名英雄、許多把生命能量都凝注在對世人有意義之目標上的有心有識之士，豈不也正傾全力扭轉、搶救這「並不那麼可愛的世界」？這許多智慧、溫暖、關懷取向、為明天努力的正面力量，就某個意義來說，其實，已使他們自己，甚至整個世界成了一座希望營！

我們難道不應加入希望營，也成為其中一份子？

所以，撇開「沉重」、「放棄」等負面意識，讓精神與意志永遠向上昂揚、奔放！

親愛的S，讓我們盡力，至少，讓我們嘗試——為自己，也為這人間世，去譜寫一個多處以「樂」題詠、「苦」字無處著力甚至無跡可尋的故事吧！

……

哎，真抱歉！媽話匣子一開，這封信就寫長了，希望沒占用妳太多時間。最後，劍橋春寒，請一定要注意保暖喔！祝

充實愉快，櫻桃酒釀造成功。

妳最忠實誠懇的朋友××

捕夢網

我一直期許自己，做一個夢的捕手與實踐者——不論年齡多大，人生境遇多壞。

懷著愉悅與感謝，領取消費券（註）的那個冬日早晨，我為自己所買第一樣禮物是——

捕夢網。

為什麼是捕夢網呢？

我也如此自問。

也許在內心深處，我一直期許自己，做一個夢的捕手與實踐者——不論年齡多大，人生境遇多壞。

但也可能恰好，那個早上，我去淡水，在岸邊向陽小店，巧遇這手工藝品，被那充滿神祕感的美麗所觸動，遂結下這物緣。

啊，森嚴結實的蛛網，捕夢的設計與決心！

輕柔懸垂的羽毛，夢的形狀與質地！

然後，銀白細韌的絲繩，堅定地把這兩者聯結起來——夢，我微笑著想，或許，就真落在網裡了。

原創、詩意的風貌外，喜歡捕夢網，應也是因它如此積極、浪漫的象徵吧！

而這原屬北美印第安原住民的辟邪靈物，據說源起於早年，某族幼兒夜睡不寧，一位女神將施過咒語之網，懸垂於搖籃上，為孩子們捕捉好夢、阻擋壞夢，以便一夜安眠至天明。

古老神話在歲月中，逐漸延伸出守護意義與傳統後，印第安人便慣取柳條、橡枝繞成圓環，環內以皮繩、麻線編綴網格，並飾以貝殼、水晶碎石、彩色珠粒、鷹隼羽毛，臨風懸掛。當清晨來臨，陽光如火焰般予以照射，好夢便留在網上成真，噩夢則消散無蹤，永不復現——這是印第安人的信念。

一個獵獸、更不忘勇敢獵夢的族群！

提醒了世人，雖是難以馴服的獸，但，夢，也是可以捕捉的。

人生，因此是一場狩夢之旅！

我也相信這一點。

並且相信，獵夢過程中，真正令噩夢戰慄、遁逃的陽光，一種將它們灼燒成灰燼的能量，其實，便是一種堅持正向思考的生命熱情。

而即令不曾被施以神咒，但對日子虔敬的祝福，或許，便是捕夢網最靈驗的咒語吧！我的夢不多，不大，想在歲月掛起捕夢網，只是希望，給日子一點美麗的啟示，去繼續未竟的夢，並踐履尚未兌現的自我承諾罷了。

從淡水回家，這樣一個平凡的早晨，因為擁有了一張捕夢網，竟格外顯得幸福起來。

但這世界，是否更需要一張幸福的捕夢網呢？去捕捉一個最艱難的夢——讓世間所有令人心驚落淚的殘酷、痛苦、傷害、恐懼消失！

只是，無言望向捷運窗外，我默思，這碩大無朋、不知其形貌的巨網可能存在嗎？

……

乘客疏落的捷運車廂一逕輕快地在軌道上流利奔馳，朱紅奪目、橫跨淡水河的關渡大橋已鮮明在望！

當我眼前那無聲湧現的水筆仔群落，浩浩蕩蕩以驚人氣勢將自己鋪展成一座壯麗綿延的長城時，心潮澎湃湧動間，我終於忍不住這樣告訴自己——

那碩大無朋、從未完成的夢之巨網啊，人類史上，若曾被許多人努力編綴過，且正持續被努力編綴中，那麼，且讓我，一個護守自己小小夢之光蕊的人，追隨世世代代，那從不曾退卻消失的善良、智慧，與愛，也參與這織網行動吧！

註：二〇〇九年為因應全球金融海嘯造成的消費緊縮效應，政府對全國人民發放總值為新台幣三千六百元的消費券，即每人可獲得六張面額五百元、三張面額二百元的代金，希望透過這個方式刺激消費，加速景氣復甦，振興經濟。

新新人類，你的名字叫「精采」！

人生苦短，只做建設性的事。

1. 人間愉快

記得某年大學學測國文作文題為「人間愉快」，許多老師都稱許這是難易適中、很能考出學生程度的好題目。然而當作文寫完，試卷交出，考季結束，這值得再三玩味、深思的美好命題，是否就被遺忘了呢？

其實，「人間愉快」課題的思考，不應只局限於考場；所謂「人間愉快」，也不應只是一個判定語文程度高下的作文題而已。這無比正面且陽光取向的價值，不僅是一個值得追求的生命目標，也是當前我們所處這多元、混亂、似乎並不那麼快樂的世界，值得創造的一個氛圍、基調或理想。

那麼，何謂「人間愉快」？

我試著簡單定義如下：

凡從健康且有意義的思想和價值觀出發，為自己、為他人、為這世界，所創造出的安適、美好、平和、幸福、快樂、滿足、寧馨、欣慰等種種正向感覺與可喜的結果，都可稱為「人間愉快」。

為此，遂實不能不提兩句耐人尋味的哲人之言了——

・把心處在熙春麗日之間。

・快樂的泉源只有一個，就是使別人得到快樂。

前者，是明代學者解縉自勵自勉的圭臬。

後者，則是瑞典科學家諾貝爾（Alfred Nobel）名言（沒錯，諾貝爾獎便是根據他遺囑設立的）。不過諾貝爾原句是「幸福的泉源只有一個，就是使別人得到幸福」，但不論「幸福」或「快樂」，這兩種表述應都可成立；而人生苦短，能有效擊潰、粉碎這「苦」與「短」之哀感的，豈不便是點滴閃爍於生命道途中的幸福感與人間愉快？

記得曾偶見一動人廣告詞：

「人生苦短，只喝好酒！」

如此鮮明訴求，實頗令人想起宋代詞人晏幾道也曾說，他飲酒的原因是——欲將沉醉換悲涼。

酒精的麻醉效果，或真能使人暫忘「人生苦短」的哀感虛無，但，若自酒鄉重返現實——今宵酒醒何處？那種「楊柳岸曉風殘月」的悲涼、失落與淒惶，是否又更甚於前呢？

我不是酒客，哀樂人生，當歲月的壓力、「浮生若夢」的千古浩歎，終成為一種必須面對的心境、感慨時，我試圖甩開這巨大沉重無解的生命謎團、擊潰哀感、粉碎悲涼、向虛無宣戰的做法，是明確告訴自己：

「人生苦短，只做建設性的事！」

那是我的存在主義。

而所謂「建設性的事」，如果，不是創造人間愉快，又是什麼呢？

「大智若愚」之外，何妨「大智若愉」？

憂傷多難的人間，啊，真的需要多一點快樂的事！

那就讓我們都是樂於，且勤於為自己、為別人、為這世界，創造人間愉快的人吧！

2. 新新人類，你的名字叫「精采」！

透過媒體和朋友，曾陸續得知一些新新人類所做建設性之事、所創造的人間愉快。點頭稱善、傾倒讚歎之餘，我覺得這世界的未來，令人期待！

這些人間愉快，首先，值得一提的是，去年最後一夜，台北市政府廣場上，當仰望一〇一大樓燦爛煙火、倒數跨年的人群，興奮情緒high至頂點時，一群大學生卻安靜低調地以「移動垃圾桶」方式，來回穿梭，收集被群眾拋棄的飲料杯、塑膠袋、寶特瓶、鋁箔包、各式廣告紙與廢棄物，終使這全台首善之城的鑽石地帶，在一夜狂歡後免於被十七噸垃圾所淹沒！當網路上最潮的跨年關鍵字是「笑擁一〇一」時，這群新新人類卻不想只笑擁一座氣派知名的摩天大樓而已，他們的視野、格局顯然更其壯闊豪邁，因為他們的組織就叫「笑擁地球青年聯盟」！

另一個由新新人類創造的人間愉快，則牽動著許多人的荷包、味蕾、商機與美食盼望，格外充滿喜劇色彩。那是大葉大學一群細膩的學生，因體恤甲狀腺機能亢進者不能吃海苔，又有感於市場地瓜葉供過於求，農民常血本無歸——把這兩種弱勢族群關懷，結合起來，於是他們嘗試將地瓜葉切碎、調味、烘乾，在多次失敗與配方改良後，終研發出一種既可讓甲狀腺病患食用又可增加農民收入的「地瓜葉海苔」。這結合愛與創意、提升地瓜葉經濟效益的青蔬海苔，據說因高度營養、清鮮可口、百分百本土風味，市場潛力看好，正準備量產上市呢！

野菜變身的美味零嘴，猶自令人高度期待、稱美之不迭，不想幾位以somebody（重要人物）自命、自許且自勵的台大學生，卻又引起了我的注意。

Somebody，其實，是這些學生組成的社團名稱，五月間他們在台北熱鬧的公館夜市推動「無塑商圈計劃」，希望那些賣滷味、刈包、水煎包、炸薯條、蔥油餅、鹽酥雞、甘草芭樂、珍珠奶茶、奶油香蒜土司等人氣美食小吃的老闆們，在顧客購物時，能以一句「需要塑膠袋嗎？」取代以往不假思索便火速扯下塑膠袋、盛裝食物交給顧客的做法，並且能對自備環保袋和容器的顧客給予折扣優惠，以鼓勵消費者少用塑膠袋——

「因為在我們手中只使用五分鐘的塑膠袋，在地球卻會停留至少五萬年，而台灣每年塑膠袋使用量已快突破兩百億個了！」

這是他們的憂思，也是他們不再宅在青春安樂窩、學院象牙塔裡，卻決定以somebody之姿，走向街頭，走進人群，真正去do something的動機。

於是，他們就近選擇了校園外的公館商圈，逐一造訪商家，道德勸說、溫情鼓吹「不主動提供塑膠袋」建議，並在願意配合的商店門口貼上「NPC」（No Plastic Circle）標籤，據說絕大部分老闆都欣然表態支持。

我想到自己平日購物，頂多只是「獨善其身」、非常個人化地自備塑膠袋而已，卻不想後生可「佩」，充滿如此「與人為善」的熱情和「兼善天下」的使命感！這些學生顛覆了美國女詩人艾蜜莉．狄金生小詩「I'm nobody!」（我是小人物！）所述自安一隅的怡然，卻理直氣壯、舍我其誰地宣示，要在珍愛地球這領域裡做somebody，責無旁貸，絕不缺席！那種放眼人間、「有澄清天下之志」的氣概，較諸《世說新語》一書篇首所載，實不遑多讓；如果艾蜜莉．狄金生地下有知，欣然頷首，或也要改寫她那首有名的小詩吧！

不遑多讓、器度恢宏、堪稱好樣的，還有底下這五位充滿理想主義氣質的東華大學畢業生——因為酷暑炎炎七月，當所有島民都躲在冷氣房裡避驕陽唯恐不及的時刻，這五位年輕人卻以「關心氣候變遷」為訴求，進行了一場「救世要跑！」的環台路跑活動，希望喚起島民重視地球暖化問題，力行「低碳」生活。

在這場約一千公里的超級馬拉松過程中，五位如苦行僧般企圖「救世」的年輕人，由另兩位騎補給單車的同學隨行，從台北出發，除每天幾乎跑一個全馬（42.195公里）外，為體現「低碳」原則，更全程自備水杯、餐具、塑膠袋和必需日用品，所有衣物則親自手洗再自然風乾或曬乾。里程尾聲，當他們抵達花蓮，還特別重返母校東華大學種下七棵台灣苦楝，為這趟路跑留下一抹美麗、感性的綠色印記。終於，烈日當空、暑氣逼人、二十三天體能與意志的高難度考驗結束後，五位經汗水狂野洗禮的低碳勇士，完成了一場值得喝采的「救世」壯舉。

……

雖然，在這些令人感奮的故事外，我也曾看過許多新世代吸毒、霸凌、勒索搶劫、飆車滋事、聚眾鬥毆等負面報導與檔案，近日所讀最匪夷所思的資料則是——極少數新世代習以美工刀自傷來抒壓解悶、引起旁人關心或證明自己的存在，他們除以美工刀當禮物餽贈同儕外，更常相互比較、炫示誰割得多——便實不免悚然驚歎！唉，危險的青春、迷陷的心靈，誰，能來幫他們掙脫生命中那闇黑勢力的綑綁呢？

但悚然驚歎的同時，當我想到有一群難能可貴、可愛復可敬的年輕人，以他們的青春熱血、新銳創意，與普世關懷，正致力創造人間愉快，視「救世」為己任，志在「笑擁地球」，勇壯的使命感與承擔，是這樣一股振奮濁世、創造未來、想必無往不立，也無往不麗的光明力量時，終還是忍不住要以按「讚」的心情說——

新新人類，你的名字叫「精采」！

卷二／歡喜

歡喜

孤獨，其實也是一種很好、很有意義的面對生命的方式。

由於從事寫作，是道地的文學個體戶。兼以不擅、不喜熱鬧交際，平日居家閱讀、創作，和孤獨為友，與寂寞共舞，非常安於這絕對個人化的生活型態與揮灑空間，像極了家裡那批獨來獨往、自得其樂的多毛族類——自戀、敏感、恬淡不爭、忠於自我、熱情與淡漠特質兼具、容易滿足卻又往往有所堅持，絕不妥協——因之若問我生肖，我總想回答：

屬貓！

個性使然，物以類聚，所以自童年始，便屢與貓結緣，見貓如見故人，分外親切。而現下家中更屬運勢興旺，貓口有四，恰與人口相當。其中三口，從幼弱時期翩然來家落腳迄今，已逾十載，約相當人七十高齡，屬「家寶級」元老，卻仍追趕跑跳碰攀牆走壁，樣樣靈活，輕功了得。另隻後來晚到、名喚「歡喜」的金吉拉，在貓群中輩分最低、資格最嫩，常遭同儕排擠，卻是我私心最喜愛的一位異類朋友。

並非因她毛色雪灰，令人目光不忍挪移的異國風采；也不是她體態果凍般極富彈性之柔軟滑韌，像修練多年的瑜伽高手；更非她圓顱寬額、腮鬚豐茸蓬鬆、有著「貴婦粉撲」之稱的名種標記，以及四肢粗短、神態威武、目光炯爍，一副可敬獵人的架式——不，不是這些外在有形種種，卻是她天真無垢、不羼一絲渣滓的個性，令人心動，一種我從未在其他人、物身上看見的水晶特質。

即令現今她已芳齡五載，換算人之壽命約當四十，卻仍一派純情天真爛漫，絲毫未見歲月刀剪留痕而略顯滄桑世故，令人一見她就——哎，即令不見她，而僅在馬路上行走、在人群雜沓的捷運站候車、在異國陌生街道旅遊，甚至在幾萬呎高空夜航班機上平視小窗外深不可測之雲層——只要一想起這天真未鑿的朋友，便忍不住心生歡喜，不自覺微笑起來……

以「歡喜」稱她，如此名實相符；而她的出現，尤其是生命中一場可遇不可求的偶然與必然！

五年前，我參與《聯合報》「極短篇徵文」複審，恰與漫畫家朱德庸妻子馮曼倫搭檔。作品討論完畢，敘及其他輕鬆話題，兩個愛貓族便在這可喜的交集上盤桓不去。當時朱家母貓甫產下兩隻仔貓，主人正覓新飼主，徵詢我意願如何？

我想起家中男主人曾表示貓口已趨飽和，不宜再添新員，當即婉謝。不想是夜，貓主人一通電話打來，邀我翌日赴她家品啜下午茶，順便欣賞這一對毛茸茸幼嬰——

「妳一定無法抗拒的！」

放下話筒前，她肯定地說。

這話挑起強烈好奇心，第二天我如約前往作客。兩隻滾雪球似仔貓，一隻純淨如棉，名喚「白臉」；另隻灰白間雜，咪嗚起來時，鼻端微皺，雙眼瞇成細線，狀若令人發噱的小丑，名喚「怪臉」。貓主原屬意將「比較好看」的「白臉」送我，但令我滿心歡喜、萬般親切、「無法抗拒的」卻反是「怪臉」。於是芬芳下午茶告一段落，決定先斬後奏，帶著活潑潑、卻又溫馴馴願離開母親的小灰灰回家。結果，無須解釋，不落言詮，比我更「無法抗拒」怪臉灰妮子的，竟是堅稱不再添養新貓的男主人。

為「怪臉」改名「歡喜」，這新兵便正式在我家落籍入戶、安身立命了。三隻貓老大，多半不怎麼睬她；一隻名喚「芝麻」、領域感特強的母貓，尤充滿敵意。

不過，貓的社會自有一套倫理價值系統、不勞人操心介入。後生晚輩之歡喜似自知資淺位卑，理應遵循長幼有序、明哲保身之道，所以在戒備、提防中，也總格外表現出對「芝麻」的謙遜、忍讓與服從。

家中老貓各有一己地盤——茶几下、電腦旁、書櫃頂、鋼琴上、籐籃裡、電視機後、臥室窗檯、地下室舊沙發等，不一而足，但都疆土分明，互不侵犯，維持著清寧井然的秩序與和平。歡喜顯然深諳貓族律法，所以她所揀選棲臥之地，都是長輩們挑選不要且不屑一顧的——例如人來人往、毫無隱蔽感的走道；開開關關、好夢屢斷的客廳紗門邊；經常有芳鄰自樓上澆花灑水、扔下物件、不時把人給嚇一跳的前庭後院等，總之，都不具安樂窩條件。

但歡喜知足常樂、毫無心機，興高采烈，情緒甚high，每日一大早便神清氣爽、元氣淋漓，在臥室外喚主人起床，像一只精準鬧鐘，不許你貪睡。而當你打開門，一個箭步飛快衝入，繞室狂奔疾跑一圈，這元氣貓更以一種個性化、儀式化方式向主人道早安；等你盥洗完畢，走進廚房，知是早餐時刻到了，便又依偎在你腳邊咪嗚磨蹭，求你餵她等了一夜的魚罐頭。

晨間一碟新鮮魚料理，是講究美食的歡喜每日最大的快樂與盼望。她總在淑女似細細品味後，心滿意足地洗臉舔爪、梳理長毛、濡舐周身，而後瞇眼打個小盹……

而後——便精神矍鑠醒來，開始四處巡邏，或傾聽遠處麻雀啁啾，或追逐飛進院子的蜻蜓蜜蜂蝴蝶，或跑來與主人親熱，或蹲踞窗邊沉思、凝視遠方，像個哲學家，每天都像創世紀第一天！這興味盎然，從不知低潮為何物的神奇貓，示範我如何把一顆叫孤獨的球抛得、玩得、踢得盡興、愉悅且精采！因此若問我對歡喜評價如何？我的回答便是——這是隻零缺點的貓，唯一的缺點就是讓人無法抗拒！

而每天早晨，當我打開電腦，與歡喜在各自領域，遙遙相望且微笑，便終領悟——孤獨，其實也是一種很好、很有意義的面對生命的方式，因為它使你活得更純粹、更集中、更充滿能量——何況，寫作並不孤獨，因為你與世界同在！

於是，在寫作的清天寧地裡，學一隻貓玩球，我發現，歡喜，其實是我的另一個名字。

作家．時光之海．瓶中信

世界用它的苦難輕碰我的靈魂，要我用歌聲來回答……

霏寒細密的雨腳，終於，走過二月了。

時序驚蟄，早春麗日金晃晃一聲鑼，如超分貝高能量大鬧鐘，興沖沖喚醒各式明亮的顏彩——

院子裡冬眠多日的仙人掌開花了；鄰家陽台的薔薇蓄苞如顆顆豔紅小彈頭，正蓄勢待發；連巷口那株老吉野櫻，淡粉清麗的重瓣花球，來勢洶洶，也以大合唱之姿，密覆滿樹。

一柔到底的春光裡，偶然掀啟泰戈爾《漂鳥集》重讀，我的心在這句話上停了下來：

世界用它的苦難輕碰我的靈魂，要我用歌聲來回答。

放下書，眺望窗外，我忽想起一位高中生曾問我：

「作家的職業是什麼？」

我想他的意思是——作家的工作是什麼？寫作，是一種什麼樣的職業？

面對類此之問，以往，我的回答總不外：

「作家的工作便是閱讀、思考、觀察這人間世，然後透過書寫，去從事創作樂趣與美學的追求、去映現浮世的淚光笑痕，或透露自己對人生、人性的一些意見與關懷。」

然而寫作征程三十年，在經歷生命的風霜波折，且終體認到這世界的苦難、傷痛與不幸，是如此複雜、沉重、多樣後，我再也不能以此回答自安。

若再在紙上發聲，創作樂趣與美學的追求外、浮世的淚光笑痕與對人的意見關懷之外，我實衷心盼望，自己的作品不再只是個人的獨白，而能和這世界積極互動與對話；不再只是映現，而能同時進行療癒、撫慰與守護；換言之，身為一名創作者，我期許自己的寫作，能為我所熱愛的這世界減少一點點痛苦、增加一點點生命的歡愉——哪怕只是極微不足道的一點點。

當然，作家不是社會改革者，創作也不需帶著目的性。但我想到自己在歲月中許多美好的成長，常來自許多美好作品的點撥與啟發。如果，這些超越時空的「紙上的蝴蝶效應」，是如此有意義地形塑了我，形塑了我今日堅實明朗的一顆心，作家之心，那麼讓自己的作品在人間世產生美好的「紙上蝴蝶效應」，應也是很有意義、值得奔赴的一個目標吧！

其實，所謂作品，永遠是作家投遞於時光之海的「瓶中信」，不知彼端收信者是誰？作家所唯一知道與能掌握的，只是位於此端的自己，在提筆的當下，是否足夠真誠、熱情？

而手不釋卷的已逝歲月裡，持續成長的閱讀盛宴中，在時光海岸撿拾一封又一封瓶中信打開閱讀、且接受其中的訊息暗示與撼動——啊，永遠不能忘記東坡所說：「不忍以個人口腹之慾，使眾生受無量恐怖！」——之後，在我身上產生最大的蝴蝶效應便是，我成了一名素食主義者。

當然，向行之多年、根深柢固的原有飲食習慣告別，並不容易。那是一段自我解構的革命經驗，但卻也是一段自我重建、喜劇取向的生命歷程；屬於口腹之慾的選擇，影響的卻是精神與心靈；形而下的飲食改變，竟是形而上一個巨觀倫理視野的打開。彷彿深不可測的紅海，在摩西腳前裂開，你走旱地過海，如山巨浪在背後合攏，你向過去的自己、過去的歲月告別；你向所有有血有淚有痛感會掙扎會懼怕的生命承諾——今生，不再做一個使它們「受無量恐怖」的人。

走過生命中的紅海（「紅」在這裡好像有點象徵意義），決心食素，乃成為我生命中意義重大的「出埃及記」。

不過，誘惑屢使意志動搖，這卻也並非一蹴即成的故事；而是經由無數失敗、抗拒、學習與自我喊話，前後歷時近五年始達陣成功的漫長過程。而其間，考驗最巨、掙扎最烈、最難斷捨的，便是生魚片和鼎泰豐小籠包。

直至今日，我仍覺這兩樣東西非常美味，且猶記得它們所曾帶給我的唇舌歡愉與滿足，但已經完全不動心了！

不再下箸，是因閱讀的蝴蝶效應，不可逆地形塑了我猶待成長的人道主義思維與環保意識之故。

我尊重所有肉食者，也不覺得吃葷便必然要與人道和環保連結。但因我是一名創作者，我把全部的生活拿來供養寫作，我的身心靈與手中這枝筆是合一的，所以若寫作也是一種關懷，若沒有行動的關懷便不是真關懷——那麼做為某種生命理念、創作動能的新開啟，這與寫作毫不相干的飲食抉擇，便自是必然、命定、關鍵的生命行路。

更何況如今來到二十一世紀，這是一個全球化時代，全球化之意涵，英國社會學家紀登思說，便是「距離的消失」，是「相互依存」，是許多風險、災難都會產生跨國效應的時代，換言之，這是一個沒有旁觀者的時代！而如果作家的工作便是「閱讀、思考、觀察這人間世」，那麼身處此全球化效應無所不在的人間，她怎可能不注意到這是一個受傷的地球，不注意到生態危機、溫室效應、海平面上升、熱帶雨林消失、物種滅絕、全世界至少有十億人在飢餓線上輾轉……的課題，並深受衝擊呢？

衝擊之餘，所常想起的，遂是英國詩人鄧約翰在尚無全球化一詞的時代所寫的詩〈沒有人是一座島〉：

沒有人是一座島……
我包含在人類這個概念裡，
無論誰死了
都是我自己的一部分在死去
所以，請不要問喪鐘為誰而敲，
它是為你我而敲！

而既是一個獻身寫作的「人類」，因此在閱讀、觀察、關懷人間世之際，我乃企圖把自我認同從島民層次提升至地球村民層次；且深深期望，寫出的每個字都有溫度，寄出的瓶中信，能產生美好而有意義的蝴蝶效應。

當世界用苦難輕碰寫作者靈魂，寫作者回應的唯一歌聲，便是她企盼具有療癒效果的篇章，便是她真誠與充滿善意的作品。

所以作家的職業不是別的，我現在知道了——就是穿越失望、憂愁的迷霧，去愛這受傷的世界！

而當歲月飛逝，眼淚飛逝，憂懼飛逝，為了這個緣故，我必須把自己鍛鍊得更為身心強壯才是！

微有薄荷涼意的晨風裡，闔上《漂鳥集》，內在無比寧靜，面對這由陽光包裝的日子，我輕聲告訴自己——

今天，是妳的，自由且空白，請帶著微笑，正向運用它！

小兵立可白

遠方好友來信問我有無個人部落格？我簡短回覆——沒有。真的？為什麼？……朋友進一步追問，語調充滿不解與訝異。

1. 小兵立可白

靜據在我案頭，如一員小小的標兵——立可白，是我桌上一枚體貼的風景。紙、筆、電腦之外，它是我寫作和文書生活中不可或缺的要角，是非常被倚賴的新文房四寶之一。

由於愛塗改，也由於一種不太必要的潔癖——喜歡保持紙面乾淨整齊與所謂的「視覺美」——於是，多年前，在文具店偶遇這有趣的小精靈，且發現這貌不起眼的傢伙，能提供立即的液體紙張，進行隨心修補的服務後，便好像再也離不開它了。

小兵立可白，自此堂堂進駐我的工作領域、書寫天地，開始護衛我頑固的修改癖好。我以為大概要與它廝守一輩子了，就像我之前熟稔眷愛了許久、許久的紙筆一樣。

但歡愛的蜜月感覺才初萌芽，一些零星的科學資訊和環保耳語，卻涓滴淌入我生活世界，極富離間性地告訴我這東西是「有毒的！」

炸彈開花似的震撼，撞擊著我的消費選擇與價值觀。我不免怔忡凝視，一張張稿紙和所有經手的文書信件上，那純粹均勻、雪淨雅緻得近乎完美的濃液，迅速收乾成一小片無縫無痕無瑕的全新白跡，隱去了拙劣、拭淨了錯誤、註銷了失敗，卻提供你再一次出發的機會，並且非常溫馨有效地鼓動、挑逗、邀請你繼續新的書寫嘗試，從事正確的文字表述……便實在不能也不願相信，這純潔小精靈，是可以被那麼強烈負面的字眼——有毒——來形容的！

然而出乎意料的是，更為不滿的評價，卻又從一些教書朋友那兒紛然湧至。

這些追求卓越教學績效的朋友，總非常不悅地抱怨，立可白使學生作業、考試的疏失大為增加！因為粗心甚至細心的學生，在紙上擠出一小方白糊，濕跡未乾之際，先寫別處就忘了回頭再填原先的空缺；而基於一種有恃無恐的不當心態——「反正錯了有立可白！」——據說學生總這麼想，於是書寫作答的謹慎度大為降低，結果反平添，或說頻添不應且不必要的疏漏！而除此諸多可惱問題外，哎，朋友慍聲歎氣，就更不提白跡點點在制服、桌面留痕的可厭了。於是，有些班導竟真嚴禁學生攜帶立可白來校，只開放修正帶的使用。

背負這許多無可辯解之罪名，小兵立可白，自此孤立在我桌上的身影，遂顯得有些楚楚可憐了。再穿梭於文具店貨架中時，因實難敵心底悄然浮現的那種種「指控」，我竟也不再挑選原先親密信賴的小傢伙，而開始買修正帶，以及號稱「環保立可白」的新產品了。

但內在的迷惑卻仍持續存在，因為我不知道標榜新產品的「環保立可白」有多環保？被指為有毒的立可白有多毒？而修正帶呢？修正帶也有毒嗎？

為了中止這些問號的持續膨脹，在長久思考與困惑後，我終於撥了一個請教的電話，到某環保單位毒物管理部門，去請求釋疑。

我的問題——「立可白是不是有毒？」——顯然很外行，因為對方那位專業人士認為如此發問方式，不盡合理且不太恰當，簡言之，「不很科學」，他的回答因此充滿了玄機：

「所有的東西都有『毒』，包括水！但一樣東西對人體是否構成危險——」

他耐心解釋：

「和它的致害濃度，以及它作用的時間……等許多其他因素都有關。」

接著，這臨時的化學老師、力求嚴謹無誤的解說專家、不厭其煩的好好先生，竟開始在電話那頭，為一名冒昧提問、「不很科學」的陌生女子上起迷你「毒物學」來了。

他告訴我，立可白一般被認為「有毒」，是因為含有有機溶劑三氯乙烯之故。三氯乙烯是一種「會對人體產生漸進危害的東西」，而所謂「危害」，則是指「具致癌性或會造成神經病變」，但這必須在兩個條件——高濃度與連續使用——的情況下才可能產生；若用量微少，又非連續使用，那麼對個人和環境其實危害不大，但因畢竟會形成危害，所以——

「能不使用就盡量不要使用，即使使用也要非常小心，務必保持通風良好，空氣流通，並且不要一直暴露在和它接觸的狀態中……」

然後，掛上電話前，這務求審慎、絕不容模糊空間存在的釋疑專家，又一本正經補充，以上所有建議，都只在「一般狀況下」才成立，由於這世界畢竟充滿太多未知與例外，因此對於未知和例外的部分，便實不是他所能回答！然而若立可白和修正帶二擇其一，他選擇修正帶，因為不含溶劑。至於「環保立可白」，他則以簡單明快但非常嚴肅的一句「商人的話不可盡信」作結。

我委實由衷感謝這娓娓詳盡的專業解釋，一掃心中存在多時的疑團，使我對往後該怎麼選擇，有了可信靠的依據。

此後，我不曾再買過立可白。

除了那通關鍵電話外，也因我終於學會了中文輸入，寫作進入無紙化電腦時代，修改更正全都在那一方十五吋螢幕上輕鬆便捷、且更不著痕跡地進行。

但我仍將那未用完的、最後的立可白置於案頭，讓它繼續以神氣小兵之姿，標示我曾有過的一段寫作歲月，並且紀念——往日那握筆馳騁，在溫潤稿紙上跋涉一方方綠格，古典抒情的手工書寫時代。

我實在不願、也不能使用類如「秋扇見捐」這種陳辭，來說明我和立可白曾有過的短暫羅曼史，但在伴隨一位修改成癖的寫作者如我，走過一段朝夕相依的親密歲月後，無可否認，這曾深受喜愛、倚賴的案頭精靈，終還是因不再被需要，而永遠淡出我的生活了。

不再被需要的立可白？

是的！

我幾乎可以肯定，那就是這問題的答案了。

把視線從不再被需要的立可白，投向窗外瞬息萬變的流雲時，思緒起伏，我終不免要如此自問——

那麼對寫作者來說，在書桌前，什麼又是永遠被需要的呢？

2.青春不落國

就在思索這「永遠・需要」的課題時，遠方好友忽來信問我有沒有個人部落格？

我簡短回覆——沒有。

真的？為什麼？……

朋友進一步追問，語調充滿不解與訝異。

的確，在網路時代，當部落格已成為一種非常普遍的發表、交流與互動平台時，沒有個人部落格，就像不使用手機一樣，似是不可思議之事；朋友的驚異，因此，我能夠理解。然我對此當紅熱門的線上發表平台，所以全無開發企圖，如仔細尋思，或許仍只是個——簡單的「不需要」（啊，臉書也是！）。

我想到號稱部落格（Blog）的網路札記、線上日誌，其實便是Web Log的縮寫，台灣音譯「部落格」，大陸則稱為「博客」。在這網頁型態的個人手記中，發表者或說管理者常不定期張貼文章、圖片或影像，且經常與其他部落格進行超連結等線上互動，不論是自由記錄發抒，或和識與不識的「格友」進行分享交流，確實都顯得繽紛活潑，熱鬧非常。

我曾上網拜訪過一些年輕人的部落格。

青春部落格。

感到有趣的同時，卻也不免想起余光中曾如此說過：

「作家其實不必再記日記，因為他的作品便是最高意義的日記。作家也不必回讀者的信，因為他的作品便是最高意義的信，不是寫給一位讀者，而是寫給全世界。」

延伸此概念，那麼，我想，作家或許也是不必再寫部落格的，因為他的作品，便是他最高意義的部落格，是他投入時光之海的瓶中信，雖不追求即時互動，卻也有著不可測知的「超連結」。

於是我想，我的創作，便是我存在於人際，而非網際網路上的一種Blog，這個Blog，若音譯成「不落國」，意涵當更豐富也更貼切。

因為對每一個效忠繆思、終生服役的作家而言，他的寫作版圖，就是他的不落國。

自由、寧靜、孤獨、美麗的青春不落國！

於是，再回到那「永遠．需要」的課題上時，我終於開始了解——

除了維繫寫作的青春情懷不落不凋、靈思的青春泉眼不枯不涸外，對寫作者來說，在書桌前，還有什麼是永遠被需要的呢？

我的存款，最華麗的一筆！

那是我愛這世界的開端，夢想抽芽綻蕊之處。

美國小說家海明威曾說：

「對作家最好的訓練，是一個不快樂的童年。」

初見海明威此語時，我曾回溯至歲月上游，檢視生命裡一段鍾愛的年光，在一連串影像瀑布中，讓某些畫面停格。

我發現我的童年不是很快樂，但也非全然不快樂，而是非常寂寞。

人在寂寞時通常會尋找朋友。我當時找到的兩個朋友，書和貓，都是忠誠且不會說話的。

至今我仍記憶猶新，身為鑰匙兒，在許多麗日當空的正午放學回家，寂寞地開門進屋，寂寞地吃完中餐、寫完功課，漫長寧靜的午後，如冰磚般的寂寞凝凍滿室空氣，唯一能敲破它們的做法，便是把那隻慵懶的灰花狸貓抱進懷裡，我們彼此分享對方體溫，然後在柔緩的天光中，我開始神馳於童話天馬行空的想像。

那是台灣早期物資匱乏年代，家裡故事書不多。但僅有的幾本童話興味盎然地反覆閱讀，敏感易受傷的稚嫩童心，終開始轉移注意力，且聚焦於繽紛的人間傳奇——小飛俠和虎克船長的有趣對抗，夢幻國不可思議的神奇探險，魯賓遜與禮拜五的荒島奇遇，勇敢的傑克沿豌豆魔藤攀爬至巨人城堡，可愛的桃太郎神勇出征、掃蕩群魔……宛如乘坐一方奇幻魔毯，飛升至遼闊可喜的雲端，歡快遨遊，落落寡歡的小女孩，竟漸成一個忘掉寂寞，不，開始享受寂寞的人。

於是，就在那一個又一個安靜無聲的下午，書與灰花狸貓相伴的童年，單純專注的悅讀中，我橫渡浩瀚寂寞之海，發現文學天地的充實豐富親切，並在此值得探索、甚至安身立命的新大陸，欣然登岸。

那是我愛這世界的開端，夢想抽芽綻蕊之處。只因從悅讀獲致無比樂趣，飽滿如鼓漲風帆的一顆心，渴望回饋，竟發願當作家。

不快樂的童年，是否是作家最好的訓練？我無從證明；但清寂而有書相伴的純真年代，卻開啟了一個女孩輝煌的文學憧憬與願景，令她對書產生終生不渝的愛情。寂寞——我因而開始認為，或許，是幸福的一種變貌。

而多年與書親近，漸成陸游所說「獨有書癖不可醫」族類後，一日斷食無妨，但一日斷讀便覺腦鈍心茫，彷彿精神斷電。英國小說家維吉妮亞．吳爾芙給友人信中曾說：

> 天堂，是一場永不疲倦的閱讀。

失去閱讀的樂趣，我相信，應便是自天堂失足墜落的感覺。借用《聖經．新約》中之比喻，那就像食物失去了鹽一樣，而所喪失的這精采且滋味無窮的部分，可有任何其他事物可以彌補、替代呢？

以歷史後見之明回顧，如今，我更意外發現，生命裡幾個重大抉擇，徘徊於猶疑難決、需要指引的時刻，促成我做出最終決定、並因此開啟了日後截然不同人生的，竟往往都是從書本中所獲致的關鍵性啟悟。

第一把關鍵的金燦燦之鑰，是德國哲學家康德名言：

> 世界上最美的東西，是天上的星光，和人內心深處的真實。

那時我高三，一心嚮往中文系。但填寫志願時，父母師長都要求我以外文系為最高優先。長輩壓力幾使我放棄個人意志時，康德那句話於書中適時顯現，激勵我忠於「內心深處的真實」，於是鼓起勇氣向師長力爭。精誠所至，金石為開，且蒙幸運之神眷顧，我竟如願進入自主選擇的科系。

中文系與研究所七年，為我提供了無可取代的創作養分。康德那星光閃閃、意象鮮明的睿智之言，亦使我開始體認——忠於自我，如鳥忠於它的翅膀，是多麼快樂無悔的一件事！

研三那年，完成論文後，校園裡春吶不絕的流蘇，如潮水急急奔漲，彌天蓋地，鋪敘出令人激動欲淚的華美浪漫氣息。口試前幾個月，我忽萌生與相戀七年男友結婚的衝動。

這不尋常之奇想，自未獲父母認同。畢竟，在老人家觀念裡，無經濟基礎的兩人，一尚未畢業，一猶在服預官役，並非理想結婚時機。我接受勸說，平息衝動，決定「先打好經濟基礎再說」時，不意在書間竟與另一充滿煽動性的勸說相遇：

若愛情與麵包不可兼得，你還是要選擇愛情。因為有了愛情，就可以兩個人一起做麵包！

拍案叫絕之際，心念一轉，是啊，愛情高於一切！有了愛情，就可以兩個人一起奮鬥，做世界上最芬芳的麵包，還有何可憂可懼呢？——高度熱情與理想主義被熊熊引燃後，極力爭取。父母基於愛，且尊重兩個年輕人的意願，原本無望的提議敗部復活。於是，就在那年三月，一個轟轟烈烈的日子，青年節，我和相戀七年的男友在台北公證結婚。

一首浪漫甜美之詩，自此開啟了它雋永散文、曲折小說，與悠長歷史的迢迢進程。三十七年歲月，是晴雨交織、悲欣錯綜，微笑與淚光、幸福與責任、喜悅歡愉與挫折考驗的總和。風霜與滄桑之後，如今，互為生命知己的記取與體認，讓每一個今天，在相互熨貼、彼此支持、共同成長中，都變得比昨天更值得珍惜。

我相信，豐富的愛情與婚姻關係，有可能如某偶像劇所言，是生命中的「億萬麵包」。而當兩性專家諄諄提醒，「結婚衝動產生之際，若不曾選擇婚姻，這輩子可能便將獨身以終」時，雖不能確知此語可信度如何？但想到「獨身以終」的結果，將使我們錯失此生中絕不應錯失的彼此，我便尤其銘感當年，那在書上偶然邂逅的愛情．麵包論。

研究所畢業後，我開始教書，並利用課餘之暇寫作。但，教書顯然是正業，寫作，是不務正業、偶一為之的副業，漸覺有負童年夢想與初心，遂經常擺盪於辭職念頭，與好友頻頻開導「鐵飯碗切不可放棄」的勸諫中。

拉鋸過程互有消長時，我正讀桑塔耶那的美學著作。

這位曾戲劇性辭去哈佛大學教職的哲學家，錢鍾書稱許之為「近代最有智慧的五個人之一」，且特將其名Santayana，中譯成饒富漁樵風味與雲遊性格的「山潭野衲」。

在書中，我讀到桑塔耶那任教哈佛時，有一次於愛默森大樓講授美學，忽然，窗外啼鳴的知更鳥吸引了他的注意。沉思半晌後，桑塔耶那請求學生准許他離開教室，因為他「和春天有個約會！」說完，將粉筆往身後黑板槽一扔，便飄然無蹤……

衛道人士或許認為，這樣的教師荒謬且難稱敬業。但曾定義美即是「無目的之快樂」（objectified pleasure）的桑塔耶那，受春光召喚、情不自禁走出教室，那充分彰顯個人風格與忘我情懷的舉動，那對「無目的之快樂」所做匪夷所思的具體詮釋與演義，我以為，其實卻是為教室裡的學生，上了他們此生最生動難忘的一堂美學。

桑塔耶那把粉筆往黑板槽一扔的瀟灑身姿與手勢，令我多所觸動。我開始覺得，人生有些價值不能以金錢來衡量，鐵飯碗不是一切，不能取代童年夢想！於是取得身邊親密夥伴支持後，我勇敢遞出辭呈，成為一名專業寫作者、文學個體戶，或更具體說，非制度人。

那便也意味著，這是沒有上司老闆同事、不需簽到簽退、全無考績獎懲的工作型態。而床，就在臥室；電視，就在客廳；冰箱，就在廚房；隨時stand by的網路，就在彈指間等你開啟——若無嚴謹生活紀律與自我管理，放縱，真是太容易的一件事了！毫無產能，亦屬必然。所謂在家上班族，我很快就發現，最大的陷阱、挑戰與敵人，就是自己！

初轉換工作跑道與生活型態的日子，對我而言，便這樣，既曾是企圖建立個人紀律的過渡期，也是不斷摸索衝撞、嘗試失敗、自我修正的一個歷程。身心混亂中，我在《湖濱散記》裡尋找寧靜。結果，總是強調「從勞動中學習」的梭羅，在新英格蘭濃密鬱翠的森林裡，微笑提醒我一個尋常無奇、但卻顛撲不破的真理：

為了鍛鍊心靈，你要運動身體。

梭羅其人其文一向吸引我，不僅因為他是一名特立獨行的自然主義者，更因他是一位詩意且別具思想深度的生活家。那種「像大自然般，從容不迫過每一天」的修為、境界，固令我讚歎佩服；而當他自述，「每一個早晨都是一個愉快的邀請」，因而清晨醒來所做第一件事便是「告訴自己一個好消息」時，如此明朗燦爛的陽光性格，尤令我深深為之著迷。

我因此毫無困難便接受了這位生活達人身心合一的鍛鍊論，幾經思考後，且開始決定以樸素簡單、訴諸人類本能的跑步，來勞動筋骨，磨礪意志，確立一名寫作者的生活紀律。

由於學生時代，體育成績總在及格邊緣打轉，對於運動，我向來既無興趣更乏信心，因此，重回操場，幾可說是我此生所做極難，但事後顯示，卻也是極有意義的突破與改變。

紀律！紀律！紀律！紀律！梭羅說你要運動身體……——我總這樣在心裡不斷對自己喊話，咬牙強迫自己邁步。而從最初艱困地駕馭懶惰的身體、薄弱的意志，到最後，終學會自我掌控——掌控精神與肉體、心靈與四肢時，我發現自己竟開始熱愛那與乳酸奮戰的感覺，開始享受御風前行、汗水淋漓的酣暢，更重要的是，我發現這事竟已漸成為一種生理上的需要，我再也不能不跑！然後，當狹小的操場再也不能滿足我，必須奔向更迢長寬廣的領域時，在波光晃漾的新店溪、景美溪、基隆河、淡水河畔，終於，我成為與這四條美麗的河不斷對話的跑者。

孤獨專注的奔馳中，我創造不斷向後退去的空間，海闊天空地進行思考，感謝親切無言的河一路相陪，無可閃躲地面對最真實的自我，發展出另一遼闊自由的寂寞美學，開始喜歡電影裡的變形金剛，一再打破原來的自己、創造新我，並且在不斷挑戰自己、探觸極限後，成為一名完成42.195公里賽事的全程馬拉松跑者。

那是我此生為自己所創造的神話。

最意外、不可思議，但卻真實無比的神話。

然後，寫作與跑步開始相互隱喻，成就動機與內在意志彼此激盪，紀律依舊是唯一的堅持與至高指導原則，於是，不論在創作長途與漫漫跑道上，以穩定節奏跨步，我都義無反顧地選擇——繼續前進！

望向歲月彼端，常想，若不曾在書間與梭羅相遇，不論形而上或形而下，我還是今天的我嗎？

而當叔本華說「願一切有生命的，皆免於受苦！」當東坡告白「不忍以個人口腹之慾，使眾生受無量恐怖」時，那深深撼動我的悲憫，又何嘗不是另一把轉捩了新的學習歷程與人生路向的金鑰，開啟了我成為素食主義者的契機？

如是觀想，則童年歲月對書所萌生之永不凋謝的愛情，便實是我生命存款中最華麗的一筆了。因為在喧囂擾攘、價值混亂的世界，那一直是我提取創作能量、生活熱情最豐活的來源。

我同意維吉妮亞．吳爾芙所說「天堂，是一場永不疲倦的閱讀」這句話。而使我領略寧靜的浮生樂趣，引領我開發出更好、更有趣自己的每一本書，也確實都是我——

在塵世的天堂。

學哈佛學不到的經營策略

掃該掃的烏雲，開當開的鮮花！從他那兒，保管你可以學到許多「哈佛學不到的經營策略」！

銀河系第一位上班族，太陽，早晚簽到簽退，大筆一揮——

晨曦

晚霞

就在藍天的紙頁上，各自落了款。筆跡墨色雖略有不同，蘸毫揮灑的莊重情懷、大將之風卻總是一致。

這所有上班族之祖師爺啊，地球企業之總裁、最具經理人氣質的管理大師，工作幾十億年了，卻還保有如初之熱情，且從無退休打算。

每一個早晨，他總準時出現在宇宙大辦公室裡，批閱雲的公文，檢定風的流量，規劃春耕、夏耘、秋收、冬藏的年度方針與多角化經營之可能；既裁示北麥南米、東禾西黍、橘逾淮為枳之類的產銷決策，復督導各經緯度不同地區的農林漁業務進度，更孜孜致力維持闊葉、針葉、落葉、混交、熱帶雨林等生產毛額或成長指數穩定上升……

如此龐雜且高負荷之工作量，永遠卸不下責任的重擔！他卻好整以暇，堅守原則，從不帶公事回家，唯陰雨天公休；不遲到、不早退，且絕無不良嗜好，唯一的休閒娛樂，便是雨霽初晴，或行經噴泉如簾、瀑布垂掛如幕如髮之地，風雅地彩繪一兩弧彩虹以自娛。

簡單、樸素，幾近單調的工作樣態與生活，幾十億年了，也從沒聽說鬧什麼職業倦怠、精神疲勞、情緒低潮的。

論年資，沒有誰比他更資深了。

論生產績效，沒有誰比他更澤及大眾、嘉惠世人了。

論親和力或影響力，啊，誰不曾讀過伊索先生的報導文學〈北風與太陽〉呢？

透過伊索先生精簡有力的文字敘述和現場採訪的第一手報導，任誰都會對他「望之儼然，即之也溫」無可抗拒的魅力特質，留下深刻印象吧！

至於考績幾乎年年甲等，就更不用說了——當然，偶爾的荒旱雨澇失誤除外。

所以，最佳公務員或上班族工作精神獎，不頒給他，給誰呢？從他那兒，保管你可以學到許多「哈佛學不到的經營策略」！

完美的工作典範，金燦燦的當頭棒喝啊！

身為一名在家上班族，所謂的soho，那日，當我獨坐案前，偶一舉頭，無意間發現，他，就在很藍的空中對我熱情微笑時——我覺得自己的職業病，諸如無力感、星期一恐懼症、高原期目標失調等，似乎都霍然痊癒了。

原來，上班族的精神傳承，可上溯自太初的日月盈昃。

原來，上班族與偉大永恆的太陽間，有如此親密可喜的倫理淵源。

多麼美妙且重大的生命發現！

今後，再與這銀河系第一名上班族，分別自各自的一枕黑甜中醒來、出發，且各就這一天的工作位置時，當不再寂寞、低潮、害怕、疑惑。

東方山谷，維日居之。

明明上天，旦復旦兮。

那就快快樂樂把一枚不落的麗日、烈日定存在心裡，掃該掃的烏雲，開當開的鮮花！所謂在家上班族，嗯，我終於了然於心了——

乃最陽光的族類！

註：《哈佛學不到的經營策略》，美國企業家麥考梅克著，被稱為是現代企業人力爭上游、追求事業成功必讀經典，台灣有中譯本。

梵谷與我

活過、愛過、創作過！

1. 創世紀

那幅畫，是整座大廳裡唯一安定的磁場，牢牢吸引住每一道輻射過來的視線。

76×99公分的視覺空間、奔放自由的線條、誠實赤裸的告白、明亮流動的色調、風格獨特的繪畫語言——那是畫家生前所繪七幅向日葵中，最大也是最後的一幅，一八八八年在法國南部近地中海的烈日之城阿爾完成。

曾經，畫家想把它獻給這個陽光未曾普及的世界。

但世界沒有接受它，與他。

而此刻，在倫敦「克莉絲蒂」拍賣公司寬敞的大廳，那被精嵌在典雅木質畫框裡的

〈向日葵〉，卻獨與一千三百多位來自世界各地的名流、富豪、畫家、收藏家、企業鉅子和美術館代表們，凝然相對——接受他們視覺上的朝聖，且共同等待拍賣官手中，那光潤木槌敲下清亮的聲音。

微微興奮、騷動且盼望的氣息，隱然流動於廣大的空間；畫家坎坷不遇的一生，則在神情莊肅的群眾心裡，悄然迴帶。悠緩深長的期盼之後，終於——

「三千九百八十五萬美金！」

當「克莉絲蒂」儒雅穩重、有著棕黑鬈髮的拍賣官艾爾索普，做出斷然手勢，宣布買主以電話競標方式，成為這幅油畫新主人後，創世紀的價碼在拍賣史上清晰寫下，前所未有的驚歎聲浪，在大廳裡劇烈波動起來。

離座而起、鼓掌歡呼的群眾，有淚如新。

而這一天，一九八七年三月三十日，正好是畫家一百三十四週年誕辰紀念。

「買主來自日本」的臆測與傳言，開始在逐漸散去的群眾間，如微風漾開。

但零亂交織的身影與嘈嘈切切的聲浪間，那幅畫，那透顯出無比堅強生命質感與量感的向日花顏經典畫作，卻依然是整座大廳——不，整部美術史上，一處安定的磁場——色彩的磁場、光影的磁場、秩序與節奏的磁場，深深吸引住每一波輻射而至的目光，觸動且啟發著每一個深思仰慕的心靈。

2. 野花之宴

一直在尋找一枚烈日的他，始終把向日葵看成是升自土壤的一輪太陽，是草原上一把金黃照人的火焰，是晴空下最明豔灼亮的光之焦點——熊熊騰騰，永不疲倦地燃燒著生之熱情。

美術史上再也找不到第二個人像他這樣，對向日葵曾投以如此深情的凝視與熱愛了。他是向日葵的知己。

當他在心底吶喊：

「我需要太陽，需要他最強烈的熱度和力量，使自己成熟！」

他已在向日葵信仰太陽的姿態裡，發現自己內在的需要、看見自己追求光與熱的灼熾性格，並且渴望——將生命深處最殷切的這份追求，轉化成色彩的激流、明燦的視覺印象，淋漓潑灑在空白畫布上。

因此，在法國南部近地中海的陽光小鎮阿爾，當野地向日葵，是如此恣意歡然地盛開；一朵一朵，如一句一句金黃的召喚、一枚一枚鮮麗的火種，深深吸引他、撼動他、催促著他，並且燃亮了他曾經陰暗的調色板、溫暖了他一度冷寂的心情時，藍成靛紫的晴空下，興奮的情緒沸升至頂點，他再也無法不去赴這場豪華的野花之宴了。

將心愛的畫架深深插入大地的胸膛——曾經，在日出時刻，他癡狂地越過整片新犁的田野，去描繪金曦之下初醒的花的姿態。

也曾在脈脈端詳她們青春芳顏後，將這批太陽的使徒，攜回他所居清寂寒傖的小閣樓，供養在窗邊淺綠圓腹的水瓶裡，細細寫生。

阿爾強勁猛烈的陽光，如火般燒紅了他蓬亂虯結的短髮。完成了工作的畫布上，每一朵明麗的向日葵，也都有著灼灼燃燒的溫度——金紅晶黃的狹圓瓣片、強韌矯勁的生長態勢、旋轉成渦的密簇花蕊、淋漓豐沛的生之慾望——那之中，有他非常強烈的性格投射、無可探測的情緒深度！在他諸多諦視內心、觀照本我的自畫像外，這生命晚期以金澄澄光色所塗繪而成的生之悸動與吶喊，其實正是他另一種形式的自畫像！

他是仰望藝術這枚麗日、至死不渝的一株向日葵。

因此，當野地裡每一盞圓盤似向日葵，都被賦以「梵谷之花」如此光榮的冠冕時，那不只是這種向陽花族永遠的驕傲，也是他一生熱烈追求藝術、為繪畫深熾投入最生動具象的詮釋。

他一生謹記巴比松派畫家米勒名言——我寧可什麼都不說，也不願說得微弱——概念與行動都不曾須臾離。於是，當他以光影、色彩、線條和世界進行對話，乃開閘洩洪，毫不保留地將洶湧澎湃的熱情、生命力傾注作品中，形成一種極端自我的強勢風格，開啟了往後新銳多歧的畫風，據說野獸派、馬蒂斯、畢卡索都深受他的影響。

然而，那個不曾張開眼睫的時代卻冷落了他、錯過了他，將他遺忘在寂寞的曠野。

十年短促緊湊的藝術生涯，油畫、水彩、素描；田園、風景、人物——一千六百九十多件流露歡愉痛苦、生之愛慾與渴望的繪畫，卻僅有一件被接受、被賣出！但負荷著超載精神煎熬的畫家，卻只把坎坷不遇的辛酸留給自己，缺憾還諸命運，將生命中最虔誠純淨動人的豐收，獻給人間世。

在奧維爾——畫家一生最後停駐的那一點上，他曾若有所感地加速自我燃燒。在那些以水綠、粉紅色系為主的清鬱小品，和浸染著濃重悲劇意識如〈麥田群鴉〉之類的傑作裡，心力交瘁、期盼休憩的畫家，終以一種幽咽訣別的聲音，寧靜疲倦的交響，告訴世人——他決定離開。

一八九〇年仲夏，距巴黎北方二十五公里，瓦絲河畔的地方報《蓬瓦絲之音》曾刊出如下一則簡短新聞：

【奧維爾訊】七月二十七日（星期日），一名三十七歲，姓梵谷，原籍荷蘭現旅居奧維爾的職業畫家，持槍自殺於田野；後負傷奔回居所，不幸於次日不治身亡。

那是一個陽光明豔的夏日早晨，在完成了一個藝術工作者孤獨艱辛的探險歷程後，他為生命寫上哀麗的句點。

於是，漫山遍野，追隨陽光足跡的向日葵，驀地嘩然亮起，閃耀成愛、美、為藝術奉獻的象徵。

並且從他安息的碧色山巒迤邐至每一處原野，自他的時代延燒至這一世紀。

每一朵，都是人間細數他熱情、勇敢的勳章。

每一朵，都成為日光下世人愛他的永恆紀念。

3. 懸崖上

西洋美術史上，十九世紀末至二十世紀初，是所謂「美的時代」。

梵谷、塞尚、高更、羅特列克、莫迪里亞尼等，這些在美術史上鐫刻了名字的畫家，都是那時期的天才。

那是美術史上，畫家活得最純粹的時代！

尤其梵谷，完整專注的熱情，使他對藝術產生所謂的「隧道視覺」，完全無視名利的狩獵競逐，也從不因世人冷落、誤解、嘲諷而放棄對美的堅持。

雖然，身為敏感的藝術家，他亦關心當時藝術動向，但他更關心的卻是自己——自己的風格、個性在繪畫領域裡的拓展與突破，因而始終維持清醒獨立，不曾迷失在任何一種主義、運動與風潮中。

那完全忠於自我的專注純粹！那深深感動我的「活過、愛過、創作過」的生命故事！遂宛如一葉舟筏，在我感到懷疑不確定的時候，常引領我自生活的亂流、情緒的險灘脫困，重抵精神的上游。

若梵谷傳記《生之慾》與他的書信集，是案頭莊嚴的啟示錄，那麼，展卷閱讀，對我而言，遂成為一種祈禱的方式。

於是，當選擇專業寫作，被視為是從事一項冒險指數與投資報酬率皆無可估算的懸崖事業時，因著這精神標竿，我乃能如此告訴自己——

懸崖，其實亦是美麗而動人心魄的半島，突出在悲喜相接、理想與現實交錯的邊緣。在那裡，一個創作者的人生視景、價值取向、目標領域、精神負擔或與一般人不同，但若你足夠真誠，且持續有所累積、關注、超越與行動，懸崖，也可以是活出生命光采的一個據點、一片領土、一座王國……

人間並無平原事業！我想。

仰望梵谷的時刻，他終生服役於藝術的勇敢執著，在人類精神領域的天空，尤如朗朗輝照的太陽，令我深受啟悟。

萬千仰望他的向日葵中，欣然舉首，我乃成為最謙遜的一株。

心中一朵烈焰——在羅浮宮的一個下午

那肌肉糾結如運動選手的臂膀，壯得彷彿可以扛起一座山！但禁慾修行的傑洛姆卻以這強勁無比的力道，搥打著自己……

懷著一種渴美的心情，多年前，於巴黎旅遊途中，曾親赴羅浮宮朝聖。深邃靜美、莊嚴典雅的羅浮殿堂，據說典藏人間藝術精品二十萬件！在如此龐巨恢宏的藝術寶庫裡，一名偶然叩訪的東方過客如我，雖以無比憧憬嚮慕的虔誠，全心全意品賞，但短短一個下午的美學巡禮，其實，連浮光掠影都談不上。但羅浮那日，美好的午後，幸運如我，畢竟，終還是與有緣的經典名畫深情相遇了！

這之中，最令我印象深刻、至今難忘、偶爾想起仍不免泫然欲淚的，並非羅浮宮鎮館之寶——達文西〈蒙娜麗莎的微笑〉，也非眾人徘徊不去、流連爭睹的名作如米勒

〈拾穗〉、維梅爾〈織花邊的少女〉、馬內〈草地上的午餐〉，以及我一直非常喜歡的點畫藝術家秀拉代表作〈大碗島上的星期日下午〉等。

當然，這些大師的藝術，套句通俗的術語來說，每一幅的完成都是「天使附身的結果」，也都在我心底曾引起高度的美學驚歎。但美學驚歎外，還帶給我強烈的視覺衝擊、精神衝擊，並在心底留下激撞擦痕、濺起顫動火花的，卻是兩幅眾人不甚注意的宗教畫——〈有聖傑洛姆的風景〉和〈亞伯拉罕獻祭〉。

因為這兩幅畫充滿了故事，且由於色彩、光影、構圖和細節的豐富運用，強化了畫中人痛苦的內在掙扎與衝突，飽滿鬱勃的張力破紙而出，直逼人來，恰與我內心底層最深刻執著的情感相互映照、辯證、激盪且呼應，佇立畫前，遂陷入一連串澎湃的深思。

〈有聖傑洛姆的風景〉是十六世紀義大利畫家提香（Titian）的作品，畫中人物聖傑洛姆則是西元四世紀基督教紅衣主教，一個關於他的傳奇故事是——聖傑洛姆曾從一隻落難獅子掌中拔除銳刺，解除了這百獸之王長久以來的痛楚，心懷感恩的獅子自此乃追隨身側，如忠僕般保護他免於危難。

但是在〈有聖傑洛姆的風景〉這幅畫中，忠心耿耿的獅子卻令人難以察覺地僻處一隅，所有的光全都匯聚於畫面中央半裸跪地、正以粗礪石塊搥打自己胸膛的傑洛姆身上。那是在幽黯巖洞裡禁慾修行的傑洛姆！《聖經》和紅衣主教的帽子擱在一旁，自苦的傑洛姆正以無比堅毅的眼神，凝視高懸於巖壁的十字架；黑暗中，一束安靜而具有穿透力的月光，如瀑布直劈畫面瀉下，赤裸裸映照出這紅衣主教厚實有力的身軀。那肌肉糾結如運動選手的臂膀，壯得彷彿可以扛起一座山！但禁慾修行的傑洛姆卻以這強勁無比的力道，搥打著自己；袒露的胸膛上，斑斑血漬正緩緩滲出……

在這糾葛著慾望、掙扎、考驗與渴盼救贖的逆光夜景畫中，我所看見的，是一個向自己索求一種生命高度與純度的苦行者，正鞭笞自己的靈魂，冀盼從痛苦中獲致清醒，在信仰裡找到力量！焚燒的內在烈焰，賦予此畫以灼灼有力的溫度與亮度。我想，提香所要傳達的，或許是人企圖征服、超越自己的課題。而在人性的巖洞、生命的幽黯處，我們總有許多內在敵人、撒旦要征服，有許多騷動的漩渦、亂流要避免陷入，那是我們做為一個人的終生主題。

而在〈有聖傑洛姆的風景〉這幅畫裡，我們看見了這種幽黯之處的人性掙扎、看見了令人落淚的自苦與救贖，也看見了一個誠實的生命毫不留情地自我揭發與剖示。於是〈有聖傑洛姆的風景〉所呈現的，其實不是外在的「風景」，而是內在的風暴；以石搥胸的聖傑洛姆，也不是跪在十字架前，而是跪在所有掙扎於內心衝突的靈魂前，成為一種渴望昇華、尋求超越的象徵——為聖傑洛姆故事賦予血肉詮釋的提香，豈不是透過這愛與苦的視覺敘事，向我們暗示了人心中一朵烈焰的存在？

據說提香當年創作此畫時，正陷入藝術生涯低潮期，有創作上的危機要超越，因此在騷動中渴求內在寧靜與提升的聖傑洛姆，自然便成為提香自比的對象。而身為一名寫作者，初遇此畫，凝視肉身相見的傑洛姆在牆上為我說法，內心格外受到震動，是否便因那追求生命純度高度、渴望超越的受苦形象，讓我也看見了自己內心深處一朵熊熊烈焰的緣故？

至於十七世紀荷蘭畫家林布蘭（Rembrandt）的〈亞伯拉罕獻祭〉，所引發的思考震撼又是另一種。

讀過《聖經．舊約》的人必然都知道這有名的獻祭故事——虔誠信奉上帝的亞伯拉罕，老邁無子，但上帝應許他，後代子孫將多如「天上之星，塵世之沙」。終於，亞伯拉罕百歲那年，高齡九十的髮妻生下獨子以撒。亞伯拉罕深愛這遲來之子，但以撒幼年時，上帝為考驗亞伯拉罕的真誠，命他手刃「痛愛的獨子」獻祭。全心服從的亞伯拉罕，乃依上帝指示來到獻祭山頂，建造祭壇，堆好木柴，親手將天真爛漫的兒子綑綁、置放於祭壇上正準備揮刀宰殺時，天使忽現身阻止，指出一隻隱身樹叢的公羊可以替代，於是亞伯拉罕解下兒子，以羔羊獻祭……

以人物畫知名的林布蘭，在這天人交戰的宗教畫裡，或許為凸顯上帝的絕對權威，也或許為強調刀下留人、千鈞一髮的危殆，總之，在表現這嚴酷痛苦的考驗時，林布蘭特把祭壇安排在畫面最上方，且完全聚焦、停格在亞伯拉罕高舉命運之刀的關鍵時刻，格外呈現出一種令人屏息、又令人忍不住想驚呼的沉迫壓力與緊張感。

這慈父殺子的視覺衝擊，述說著人倫親情在順服神明意志的過程中，不堪一擊！而雪刃高高舉起的瞬間，垂老的亞伯拉罕又有著如何激烈矛盾的掙扎呢？以如此具象而非文字方式閱讀亞伯拉罕的獻祭，畫前凝視良久，我終不免想起情節與此類似的唐人小說〈杜子春〉來。

〈杜子春〉與〈亞伯拉罕獻祭〉所述，都是藉嚴酷試煉以考驗宗教虔誠的故事。但這兩則傳奇相異處在於——亞伯拉罕以絕對服從的方式，為他所敬畏的上帝，做了毫無保留的奉獻；而一心求仙的杜子春，雖成功穿越了各種艱難的試探，卻終因不忍犧牲愛兒，而在最後關卡未能通過神仙世界的考驗。其實，杜子春可說就是另一個年輕的、東方的亞伯拉罕，但他在面對類如老亞伯拉罕那樣的試煉時，卻寧棄神祇眷顧而選擇人間之愛。

〈杜子春〉作者李復言透過如此的結局安排，一方面肯定了人倫親情的不可被剝奪性，另方面也藉此批判了宗教必須先滅絕人倫，而後始能修成正果的價值觀。這之中顯現出儒家濃厚的人本思想，也明顯看出中西文化的一個差異。而如果林布蘭是以杜子春故事為題材，我忍不住想，那麼，他又將如何表現這另一種價值選擇？將如何以色彩線條構圖，詮釋這萬般不捨無可取代的父子天倫、人間情愛呢？

我其實佩服亞伯拉罕一往直前的勇氣，佩服他對上帝的絕對忠誠，更覺得他放下悲劇意識、平靜而義無反顧地決心獻祭愛子，其實是艱難至極、煎熬至極卻又堅定至極，因而絕對是值得尊重尊敬的選擇，但——

我做不到！

於是，我乃終於明白，原來，這痛苦的宗教畫所以深深觸動我，是因它也同樣照見了我心中一朵烈焰，而那烈焰所以存在，是因為我是母親，也是儒家信徒的緣故。

就這樣，那個寧靜的羅浮下午，當東方遇見西方，迥然相異的價值觀、文化背景與生命選擇，彼此擦觸碰撞，竟意外激濺出如此星閃耀動的思緒火花。如果，藝術也是觀念對話的一種形式，自由心證無妨，那麼，這兩幅羅浮名畫之大師，當亦能原諒我不從審美，而竟從如此「私感覺」的角度，去欣賞、解讀他們的作品吧……

從人來人往的展示廳轉身離去時，塞納河橋上，柔美金黃的燈光，瑩然如夢，在晚風中一蓬蓬亮起。內心澎湃激盪的感覺猶在，我卻發現自己微笑起來，因為烈焰明明晃晃，熊熊灼灼，正是自己熱烈活著的證據。

於是，在第一顆星升起於巴黎天空的這個黃昏，我深深祈祝，心中烈焰明麗不熄，繼續照亮我未來的歲月行路！

春訪承天禪寺

在這意外造訪的幽山上，我上了一堂風格前衛、溫柔無比的宗教美學。

一直很喜歡東坡傳世小品〈記承天寺夜遊〉。

那是一個有趣的失眠之夜的故事。

只有八十三字的清妙鋪敘裡，赴承天寺訪友的東坡，以一枝愉悅凝鍊之筆，讓一千年前某夜，冰瑩的月光與瀟灑的閒情雅致，明晰定格。

那是集文學大師游刃有餘的才情，和生活藝術家浪漫率真性格，才能揮灑得出的經典篇章。我對此小品偏愛，不亞於東坡行雲流水、盪氣迴腸的〈赤壁賦〉。

因此，初見「承天禪寺」之名，雖多一「禪」字，但〈記承天寺夜遊〉之悅讀經驗，產生連帶作用，引動心底好感與好奇，於是，帶著一種期盼心情，我欣然往訪。

陽光初醒的五月清晨，林中鳥聲指引鞋尖方向，朋友與我沿緩坡拾級而登。滿山原生碎葉林，一路輕擲碧蔭；暮春野蕨恣意漫生，魔幻的綠光翠影，在微風裡輕盈波動如夢。而山徑迤邐，不時有農婦老叟，販賣自家種植的野菜鮮蔬。猶沾帶露水的竹筍、紫蘇、馬齒莧、地瓜葉、韭菜花和桃太郎番茄，一路陳列，頗予人蔬果嘉年華或莊稼博覽會之錯覺。饒富田園風的小販們，更當爐烘製紫山藥餅、香椿煎餅，或燉煮素麵線、素滷味等，供人解飢復解饞，亦頗為清寂的朝山路線，增添不少活潑的市集趣味。

就這麼緩步閒行，夢幻與現實，自然與人間性，繽紛交錯，興味盎然地，清賞未已，半山腰承天禪寺已赫然在目。

綠瓦白牆主建築前，陽光明媚，好風如水，朋友與我先憑欄長眺。只見對岸觀音山如一筆優雅自在的淡線，半隱於雲霧中；麗日下婉曲款擺的淡水河，閃爍著密緻細碎銀光，遠距遙望，不再是奔流到海不復回的湯湯長流，卻呈顯出幾分有趣的小溪風姿。

我們帶著這清淡的紅塵印象，閒步穿越簷廊，走進寺內。寬敞清涼的正殿，無塵無垢外，竟亦無木魚鐘磬，無薰香裊裊，更無喃喃經誦與沸沸人聲。由於太出意料，廣大深邃的寧靜，竟似破空而來、喝退萬念的無聲獅子吼，當下令人震懾！

如此不落言詮、禪風淨土的鋪敘，心想，難道這便是當年創寺者廣欽和尚的初衷嗎？

據說廣欽和尚不識字，是一位只吃水果的修行者。早年深山巖洞苦修，曾有老虎相伴，信眾尊為「果子師」、「伏虎和尚」，如此傳奇人物，他誓願度眾、志在淑世的動力是什麼呢？

正沉思默想間，簷下「放香處」告示牌上文字，吸引了我凝神細讀：

「本寺為響應環保，避免污染空氣，改用臥香上香。請勿將香枝點燃。敬拜神明後的香枝，請平放於香爐內，即是臥香，本寺將統一焚化。」

一位穿月白袈裟、唇畔微笑如蓮花輕綻的方丈，雙掌合十向我解釋——由於焚香、燃燒紙錢會產生甲苯等毒性物質，並導致地球暖化，「做環保就是做功德」，因此他們以臥香勸導信眾放棄「點燃行為」，希望與世人共同打造清涼淨土，為發燒、苦熱的地球降溫……

廊簷下這迷你的開悟，顛覆了我心中香火鼎盛的傳統寺廟記憶、不食人間煙火的刻板僧侶印象。

原來，方丈們雖隱居青山、遁世潛修，卻仍積極入世，深度擁抱人間，如此行動派的淑世理念與實踐啊！澄淨的春日陽光下，我發現自己，在一座晴碧如洗、意外造訪的幽山上，竟上了一堂風格前衛、溫柔無比的宗教美學。

那日，我並未至附近桐花公園，欣賞落瓣密覆、皚皚鋪地的「五月雪」；也並未帶回寺僧持誦經文千次，據說可消災解厄、除穢辟邪的「大悲水」。

但那千百枝靜置素缽中的臥香印象，這山腰上寧靜寺廟所予我的啟發，卻是豐碩無比的心靈收穫。

身為一名創作者，曾經，「文以載道」的課題，令我深思多年。

但那日山中行腳後，我開始想，所謂「文以載道」，在自我之道、藝術之道、哲學之道……外，是否也可以是溫暖雋永的「關懷之道」呢？

從東坡一帖清新小品出發，經由一座青瓦白牆的禪寺理念，終抵此美好結論，真是何其婉妙可喜的一條心路！

懷著愉悅心情下山，長久思索追尋後，我想，我已找到一個嶄新、明確、有意義的書寫主題，與創作上的自我定位。

借過嘍，我的挫折！

向世界與自己都打出一個「V」字形勝利手勢後，拉起機頭，航向彩雲深處，她又開始另一次流暢的飛行了。

譬如一隻鳥，飛不起來或飛太低，那種「恨天高」的心情，就叫挫折感。

創作飛行，乘著創意與想像的翅膀，興致勃勃的作家憑虛御風，若好端端的自動推進系統、航向導正系統出了毛病，那麼連人帶機，便都得「送廠維修保養」了。

廠，其實便是作家，也就是飛行員私人的「挫折醫院」，專提供各種精神三溫暖、靈感按摩、創意休克處理、沮喪切除……等醫療服務。

通常，若症狀輕微，則飛行員的自我處方，大抵不外是到廚房打開糖罐，先吃它幾顆寵愛自己、有抗低潮效果的Godiva巧克力，再服下少許令人放鬆的音樂膠囊、鼓舞情緒的格言糖衣錠，或提神醒腦的哲學鎮靜劑；要不，就沿著河濱自行車道騎車或跑步個十數，甚至數十公里，以促進快樂的腦啡大量分泌。

但若病情實在嚴重，必須澈底停飛，飛行員便只好宣布，即日起至翌日或數日內為「故障日」，並將病號由自家小規模挫折醫院，送至廣大的生活世界轉診，希望藉由「暫時中斷航程，全力補充能源」的不敗策略，能達成下一季一飛沖天的預期目標了。

停飛的日子裡，飛行員是進行元氣復健的休憩者和四處攝取營養的大食客——她可以大啖厚實的文學經典牛排、可以來一客或好幾客電影聲光pizza，也可以在詩、散文、小說、食譜、星座、旅遊、勵志、醫療保健等文學與非文學的自助餐筵上，任意自取所需。

至於應天地之邀，去赴山水自然的盛宴；到百貨公司探一探繽紛眩目的時尚拼盤；或自由閒行街道巷弄人群間，信步由之，無目的地趴趴走，則偶爾飄過耳際的鮮活對話，更常是撒進一鍋叫做「市井湯」中的蔥花、芫荽、芹菜珠或胡椒，格外噴香。

當然啦，美術館和藝廊陳列展示的繪畫、雕塑作品，更堪稱營養豐富的全麥麵包、十穀飯與精力湯，也許不頂好消化，卻頗有益健康；另外，植物園、市郊的林蔭小徑，也永遠貯一缸汲飲不完的新鮮薄荷精，隨時歡迎人去舀它一勺。

不過，最受用的，還是細品一盅叫「朋友」的芬芳下午茶吧！

周作人說：「喝茶當於瓦屋紙窗之下，清泉綠茗，用素雅陶瓷茶具，同兩三人共飲，得半日之閒，可抵十年塵夢。」

當十年塵夢已消，那便是飛行故障日宣告終止之時。

神閒氣定的飛行員，檢查完已加滿燃料的油箱，向世界與自己都打出一個「V」字形勝利手勢後，拉起機頭，航向彩雲深處，她又可再度開始另一次流暢的創作飛行了。

雖然，無法終生免疫的「挫折登革熱」，還有伺機再犯的可能；已恢復正常功能的自動推進系統，也保不定什麼時候又失靈？但至少，登機的那一刻，面對已發生不了作用的病原菌，飛行員倒是可開心地喊上一句：

借過嘍，我的挫折！

終生都是青春期

狂想無罪，樂觀有理！

如開啟一罈密封多年的美酒，當生命中第二個青春期之封印，被光陰揭開，我私下點燃了一串七彩鞭炮，在心底為自己慶祝。

醇美如釀的新日子裡，為了更珍愛歲月、寶貝自己、專注寫作、不負這再臨的青春，並確保新日子、新生活之新品質，我決定，每天送自己一個禮物！

若童年，是以玩度日的幸福時光，那麼現在，以悅讀度日、以克盡一個地球公民本分之生活態度度日外，以微笑度日、以建設性思維度日，便是我每天，打算送給自己的禮物。

那也就是說，每天，我都應把貼在寫字檯右壁那三句話——

Look on the bright side.

不要讓世界改變你的微笑，用你的微笑改變世界。

品味每一天，這就是幸福！

不斷用以自我正面暗示，且努力加以實踐。

分別彩印成美麗書籤的這三句話，是我的蜜友兼密友送我的，因為珍惜其中的情感價值，我特別貼在寫字檯畔，裝點成牆上一幅風景。

但，不僅風景而已，如今，我要讓它們走下來，住在心裡，生根、抽芽、綻蕊、結實，內化成一種生活原則與精神，回報這蜜友送給我的祝福與鼓舞。

是的，look on the bright side！

明朗的光線遂嘩然如瀑，迎面而來，水花四濺開始沖刷塵埃遮蔽的心靈視窗。而推開那被滌淨的視窗，再向外凝望時，這世界的線條、色彩、形象、故事、意義，便都開始有了奇妙的變化！於是——

當東坡浩歎「人生識字憂患始」、魯迅亦悵言「人生識字糊塗始」時，無論我如何愛東坡、如何尊敬魯迅，也無論這兩位前輩，是基於如何坎坷的人生際遇、如何落後弱智的時代背景而慨乎言之——如此削減生命銳氣的思維，我便都不再能夠認同。

我認同的是，「人生識字文學始」、「人生識字智慧始」的陽光角度。

從陽光角度出發，我遂亦開始格外欣賞——以「人到中年萬事新」的「新」思維，去反動「人到中年萬事休」的遲暮之思。

開始格外喜歡，「人在江湖，身心由己」的自主意識與大將之風。開始由衷讚歎，把retire（退休），趣譯、新解為「換了輪胎再上」的幽默、興高采烈與再出發的前進精神。

更在聽聞所謂「慶祝失敗」之類的逆向（其實也是正向）思考時，不再驚詫錯愕，不再自陷「只有成功才應慶祝」的狹隘窠臼；且完全認同——失敗，可以，也應該，是一種有意義甚至喜劇性的人生轉折，多所橫逆的人生，唯有如此面對，所有負面經驗才能轉為人生最大正分的獲得。

當然，更開心的是，對元代散曲家張養浩名句「雲來山更佳，雲去山如畫」，亦忽然頓悟。

簡言之，視野明淨的「雲去山如畫」，固令人愉悅；但，雲霧之來，也並非明淨視野的唐突、遮蔽、干擾與破壞；不，如貓足般，雲霧之來，是大自然即興的裝置藝術，一齣意外的峰巒戲劇，一種「更佳」山景的完成，其實比「如畫」的風景更值得駐足欣賞，總之，不論雲去雲來，都是人間幸福好時光！

哎，真的好感謝蜜友在歲月中送我的這些祝福與鼓舞。

沒有比那些明亮溫暖、堅強有力的話，更健康美好的提醒了。

以如此建設性思維面對生活與寫作，當生命中第二個青春期封印被光陰揭開，醇美如釀的新日子裡，啊，狂想無罪，樂觀有理！我想大膽為自己拈出的新歲月之新思維便是——

歲月可以老去，白髮可以湧現，但因著這明朗活潑、蓬勃跳動的青春之心，其實，終生都是青春期！

我不在，書在，風格在！

We are what we read.

1. 從李白到阿格西

俄國小說家高爾基是一個熱愛閱讀的人，他曾敘述自己的閱讀狀態是——「我撲在書上，就像飢餓之人撲在麵包上一樣！」

不曾如此狂烈，但做為一名愛書人，書之於我，卻也是每日不可或缺的「麵包」。

不論李白遊仙詩、海明威小說、大江健三郎隨筆，甚至近日正讀的網壇壞孩子阿格西自傳……透過閱讀，當這些了不起的風格大師、精采的人類都成為我座上賓，且正單獨與我親切交談、邀我分享他們生命中的情思感悟時，我便強烈感受到，文字，穿越時空的神奇力量！

We are what we eat.

科學家總如此說。

但我卻以為，We are what we read.

透過閱讀，透過那許多精神上無形的摯友、諍友、麗友、酷友、密友或蜜友，相與晤談，深深受益，我形塑我的心靈和內在。

從古典詩仙李白到阿格西——這縱橫寰宇、上下古今的幅廣與縱深，何其遼闊且超現實！

所謂群書，其實，便是我們案頭一座浩瀚的銀河系！

於是，雖認同高爾基許多想法，例如他說「人是生來追求快樂的，如同鳥是生來要飛」，但我卻想把「撲在麵包上」的譬喻改成——

縱一葦所如，凌萬頃茫然，每天，漫遊於書的銀河系，我就像宇航員一樣，穿梭在風光無限的寧靜海上。

2. 我不在，書在，風格在

由高爾基，我常想起另一個一旦「撲在書上」便無法離開的熱情嗜書者，那便是南宋詩人陸游。

被同時代人謔稱為「書癲」的陸游，曾為所居房舍取名「書巢」，更說自己什麼毛病都可治好、什麼偏嗜都可放棄，「獨有書癖不可醫」！

這不可醫、不願醫、其實也不需醫的頑疾，始於陸游幼時，「學語即耽書」——從會說話時就愛上書了！而當所有孩童都因貪玩廢寢忘食時，小小陸游卻是一頭栽入書間就什麼都忘了，「兒時愛書百事廢，飯冷㦸乾呼不來」——即使飯菜涼透、白斬肉（也就是㦸，音ㄗˋ）快變成肉乾、父母千呼萬喚「該吃飯啦！」，但樂在閱讀的陸游就是不肯上餐桌。這和別家小孩因愛玩而「百事廢」一樣，大概也曾讓陸爸陸媽非常頭疼吧！

為這種「撲在書上」的快意人生，陸游所付出的代價，便是眼睛的健康。因為他曾說自己「萬卷縱橫眼欲枯」，在眼鏡尚未問世的時代，活了八十四歲的陸游，晚年想必頗為用眼過度、視力衰弱所苦。

我神交這位有趣的書癡，自是透過閱讀。但和東坡、板橋不同的是，陸游除了是我所喜愛的一位詩家外，卻更是我由衷敬重、卻又不免要深深為之致慨的一個——堅貞的愛國主義者、纏綿執著的情人、富赤子之心的浪漫派，與永遠積極進取的生活者。

我少年時代初識陸游，始自偶遇其名句「山重水複疑無路，柳暗花明又一村」——歷歷如繪、鮮活寫景外，這話受用終生處在於，它也強烈暗示了人生峰迴路轉、希望隱藏在困境中、不要太早就下斷語、天無絕人之路等豐盛意涵，是哲學，更是一種生命美學的宣示。

其後，讀到貫串陸游一生的傷情詩，動容之餘，便實不能不為他和表妹唐琬的故事歎息。陸游與唐琬青梅竹馬，二十歲結為夫妻，新婚燕爾未及一年，便因陸母不喜唐琬，強迫二人離異。事親至孝的陸游，順從母意，親手摧毀唐琬和自己的幸福、各自婚娶後，便把這不治之痛放在心底反芻了一輩子。

他在三十一歲那年赴沈園賞花，巧遇唐琬偕夫出遊，前塵往事齊湧心頭之際，悵然落淚，更寫下有名的〈釵頭鳳〉一詞，唐琬相與應和，兩人在字裡行間相互傾訴卻又無可如何的「錯！錯！錯！」、「莫！莫！莫！」、「瞞！瞞！瞞！」、「難！難！難！」，字字苦楚，真是道盡多少隱忍壓抑的悲情？

而沈園相遇後不久，唐琬怏怏離世，陸游「每入城，必登寺眺望（沈園），不能勝情」，即使「玉骨久成泉下土」，仍一再賦詩懷想，其中傳世名句「傷心橋下春波綠，曾是驚鴻照影來」，追憶那年春日，沈園橋上重逢，驚鴻一瞥，碧波照人眼明，沒有喜悅，卻只激盪出如水紋般不斷漾開的「傷心」！這無力回天的憾恨、永難結痂的觸痛，常想，所謂斷腸，是否便是如此？

陸游最後一首懷念唐琬的詩「沈家園裡花如錦……不堪幽夢太匆匆」，寫於臨終前不久，顯示了辭世前，他所眷戀不忘與心繫不已的，除「王師北定中原」外，便是六十年前那如流星般匆促消逝的初戀了——如此深情執著、刻骨銘心、至死不渝，紙葉間往復品讀，實不能不令人掩卷低徊！

但撇開這傷心的一面，身為儒家信徒，陸游卻總是積極樂觀開朗的。我喜歡他看待寫作的輕鬆自信：

「詩情隨處有，信筆自成章。」

喜歡他字典裡沒有「江郎才盡」一詞的熱情進取：

「此身已與流年老，詩句猶爭造化功。」

更喜歡他歲月不驚、打算永遠留在青春期的自我觀照：

「壯心未與年俱老！」

當這位愛花的詩人，七十八歲那年自問「何方化作身千億？一樹梅花一放翁」時，那希望遍親天下芳澤的天真奇想——有什麼妙方，可使我幻化成億萬分身，讓這世界每株梅花前，都有個憨陸游在那兒盡興欣賞，「樹樹梅花看到殘」呢？——便不只是浪漫主義、癡傻情懷、奢侈華麗的盼望，卻更是高度數位化的卡通畫面，非常童趣、魔幻地呈現了。

而陸游生命最後一年，垂垂老矣，猶滿腔溫熱寫下「身為野老已無責，路有流民終動心」詩句，惻隱如此，慈悲如此，則我所見，又更是一個高度關懷、至死方休的人道主義者了。

不過，關於陸游，我最喜歡的，還是他自述閱讀心得的這段告白：

人生可意事，隨手風雨散，不如一編書，相伴過昏旦，豈惟洗貧病，亦足捍患難！

他認為人生諸事轉瞬煙消雲散，生命中最踏實唯有閱讀，朝夕以書相伴之人是有福的，因為神遊書海，不僅具療傷止痛、忘卻貧病的效果，更可帶來清明堅定的智慧，讓人內在足夠強壯去面對生命憂患，與千瘡百孔、充滿災難的世界。

「捍患難」的「捍」字，斬釘截鐵、充滿力量！那是陸游的信念。

透過閱讀，這信念，從九百年前南宋、一位熱情奔放的詩詞達人筆端，遠傳至二十一世紀、一位追求成長的現代女性眼下心頭，如今，也成為我在人世間的一個美好信念。

於是，我彷彿聽見書架上所有我的座上賓，那些精采的人類都這樣說了：

我不在，但作品在，思想在，情懷在，風格與人格在。

我不在，書在！

李白也是低頭族

除「向下學習」外，我更打算「向上學習」，取法這位低頭族始祖。

記得早年初從事寫作，文藝圈長輩曾殷殷叮嚀，像我這樣初入行的新人投稿，除作品本身應到位到味、言之有物言之有趣外，「硬筆書法」也應力求工整，不宜疏忽。為此，曾非常鄭重地購買名筆數枝，寫稿專用，以示敬業。然而，心愛名筆尚未寫成禿筆，時代洪水便迅即掩至，無可抗拒的浪潮中，我也不由自主被推入以電腦寫作的行列；短短不到半年，學會中文輸入，便澈底結束了在稿紙上「筆耕」的「手作」歲月，進入書寫無紙化時代。

電腦功能確實超多超強，令人歎為觀止，但我只用來寫稿、修改、寄出、存檔，另外也透過它傳送接收電子郵件或「咕狗」資料；由於效率奇高、無比便捷，每次開機關機，常不免讚歎感謝比爾．蓋茲等科技教主，所創造的這偉大美好的發明。

至於教我使用電腦和3C產品的「老師」們，則都是很「潮」的年輕人。他們總是耐心熱心、不厭其煩地解說，而我也總是錯誤百出、不屈不撓地學習；及至最後終順利「出師」，並開始理解到往昔自己所熟悉的通訊方式、工作方式、閱讀方式、娛樂方式甚至思維方式，都因這些高科技產品開始產生鉅變時，我才發現——電子網路正在解構傳統世界，而我，也已來到一個必須「向下學習」、去接受年輕的科技布道者啟蒙的時代。

畢竟，新新人類一出生就是電腦與數位世紀，他們在充斥這些高科技設備的環境氛圍中成長生活，一切是那麼自然，因此任何電子產品一旦到手便立刻「上手」，如魚得水，樂在其中，完全沒有「適應」問題，真正是後生可畏，值得討教諮商的對象、達人與高手！

但是不久前，當一位年輕的科技布道者，基於善意、熱情，打算引領我成為「智慧型手機族」之際，我問他那是否就是「低頭族」、他也笑答「大家都這樣說」時，我卻並未像當年學電腦那樣興致盎然地立即「受教」。

我想起自己曾觀察過許多沉浸於掌中發光螢幕的「低頭族」。

一個有趣而從無例外的發現是——每個機不離手的人，都如一自轉星球，寧靜專注，孤寂溫柔，完全獨立於周遭世界之外，僅偶爾嘴角飄掠一絲無人能解的微笑，而據說他們掌中電子設備所開啟的，便是一個虛擬的百科全書式視野。

為此，我常想起另一個古典的「低頭族」——思故鄉的李白。

是的，李白也是低頭族，於今思之，他的低頭之舉雖一點也不科技，但卻具有高度美學上的意義；而低頭之外，這位浪漫的性情中人卻也不時「欲上青天覽日月」，或「仰天大笑出門去」，或接受陽春煙景召喚，與親朋好友「會桃李之芳園，序天倫之樂事」，詠歌、高談、賞花、醉月、暢敘雅懷，總之，生活視角、觀照面向與實體互動都不是那麼單一——而這，我想，是否才是豐富雋永、真正好樣的低頭族呢？

所以，如真允許智慧型手機進入生活，那麼，除「向下學習」外，我更打算「向上學習」，取法這位低頭族始祖。

簡言之，若低頭是生命中之必需，那麼我希望這俯首的動作，在科技之外，也是人文與美學的；是電子取向，但卻更是雋永可喜的李白模式的！

後記：此文完成後數月，在家人強力鼓吹慫恿下，我終還是擁有了一個智慧型手機。我感謝它所帶來的方便，但對它存有「戒心」，因為不希望自己的生活被它「控制」或「綁架」，故總刻意與它保持一定，或說「疏遠」的距離。因此，我不用手機上網，每天醒來第一件事也不是急著打開它。有人戲稱——「距離已死，這是手機帶來的最大貢獻！」——我不想讓這樣的事在生命中發生。

巨貓遇到鬼

哎，若是遇到鬼！那我就真的無話可說了。

那日，秋陽金澄，心情亦佳，懷著高度興奮與期待，特別到西門町踩街漫遊，為了一隻巨貓，也為了一場快閃活動。

長達七公尺的充氣虎斑巨貓，是瑞典國寶藝術家莉莎·拉森（Lisa Larson）的作品。在這充滿童心童趣的景觀藝術鉅構裡，高齡八四、卻仍活力十足的祖母藝術家莉莎·拉森，異想天開地把一般體型的貓咪，放大成超乎常理的尺寸，又讓它帶著幽默自信、睥睨一切的神情，天真無邪地向世界昭告：

「嗨，大家好，我是這世界的王！我超滿意自己的！你，也要這樣哦！來，笑一下——對啦！就是這樣！祝有個精采充實又好玩的一天！……」

明朗歡喜的活潑暗示、無可抗拒的健康挑逗，哎，怎可能不微笑呢？因此，莉莎·

拉森作品在世界各城市展出，無不以其辨識度極高的個人風格、溫暖的情感表達，和所謂「卡哇依」之童話色彩，成為風靡當地的超人氣訪客！如今，這詼諧友善、超大比例的酷貓或說趣貓，繞了大半個地球來到台灣，參與我們特為它舉辦的「藝術快閃」活動，愛貓如我，又怎可能不去朝拜這有著王者風範的巨貓，為它「快閃」一下？

生平第一次快閃，就是藝術快閃，多好！

我快樂地想。

雖然心裡也很清楚，這其實還不能算正宗、標準的快閃。

因為標準快閃的定義是——匿名者透過手機、email廣邀虛擬世界中不知與未知的各路人馬，於特定時間在特定地點做特定動作、行為後迅速解散的一種遊戲，成人遊戲。這是本世紀初才出現的一種即興取向的行為藝術，也是網路時代一種新興的都市時尚文化，由於不違法，新鮮好玩，諧謔搞怪，帶點冒險色彩、狂想趣味甚至美學意涵，短短幾年內風行全球，因此在媒體花邊新聞中，我遂不時見到快閃族身影，以令人意想不到的奇襲方式，勢不驚人死不休地這裡那裡一再「閃」現——

齊集柏林街頭撐彩色雨傘跳舞三分鐘立馬解散；共聚紐約中央公園學鳥叫讚美大自然後開心離去；相約於紐約凱悅飯店大廳，就地躺臥一分鐘，在所有客人和服務生莫名所以的錯愕目光下，拍手十五秒旋即微笑閃人；仿電影《駭客任務》中之救世主，穿黑衣戴墨鏡在人來人往的東京街頭集合，哨子一響同時拿出手機打電話，哨子再響立刻消失無蹤；至於堪稱無厘頭之最的則是在中國武昌，數十名閃客集結於肯德基問店員有無販售便當？當店員回答沒有，閃客便齊聲大喊：「那我們就去麥當勞嘍！」說完同時快閃，留下目瞪口呆、回過神來卻也忍俊不禁的顧客和工作人員杵在現場……

而所有快閃報導中，最令我低徊難忘則是二〇一〇年一個航班大亂的暴風雪深夜，上百名閃客湧入美國奧蘭多機場，熱情地為疲憊受困的旅客高唱「哈利路亞」後，迅速隱沒於寒風狂掃的皚皚大雪裡！——

我出現在人群中，旋又消失，我不是明星，我是閃客！

啊，來無影去無蹤，超連結、超霹靂、超流動的雲端閃客！

由於是這樣迅雷不及掩耳，在電光石火之飆聚中，對世界開無傷大雅的玩笑、以出其不意的戲劇性效果自娛娛人，為此，我對3C科技能如此高效率在短時間內，號召現實世界中完全不認識、沒交集的「烏合之眾」，齊心協力，有志一同，以超完美默契執行快閃指令，深感驚歎！而快閃指令五花八門，無奇不有，於風趣喜感創意間，又屢製造如香檳瓶蓋蹦開時那種星閃乍現之歡愉——我亦不免常想——或也能為嚴肅緊繃、平淡乏味、苦悶高壓的現實人生，帶來驚詫可哂的刺激吧！當然，習見不鮮的跨年快閃、街舞快閃，歡樂騷動之外已不足奇，但青春族群標榜公益環保，在火花閃聚中傳達愛地球、抗暖化、善待動物、節約用水諸正面訊息，我極其個人化的觀想則是——如此用心良苦、純潔利他，值得莞爾肯定。

雖有學者認為，快閃類如嬰兒啼哭，是一種希望引起注意的行為，閃客透過在大眾面前展現自我，尋找瞬間歸屬感，雖可暫時釋放個人壓力，但快閃背後經常一無所有，並不指向任何意義，一旦經由快閃所建立的虛幻自我黯淡下來，另一次快閃行動可能就又開始了。所以——嘩！我不免倒抽一口冷氣，若只是這樣一種飲鴆止渴的上癮行為、失控的精神嗎啡，那麼，快閃，還真不足為訓咧！

但，我知道我的處女快閃很安全，號稱「西門町巨貓出沒」的藝術快閃也很安靜、很可愛，而說穿了，這難得一見的展覽活動也不過是搭時下風行的「快閃」之名便車，召集識與不識莉莎・拉森的藝術粉絲們，共聚於不可能有貓遑論巨貓出沒的繁華街區，來體驗、品味一種簡約風格的創作趣味，和單純歡喜的生活美學罷了。

午後時光！

我為自己不那麼純粹、但卻絕對浪漫有意思的類快閃、微快閃，情緒甚high地，終來到展示奇幻巨貓的西門紅樓廣場了。

零星遊走三兩背包客的廣場上，除了萬聖節嘉年華看板，正在搭建的園遊會攤位，繪以黑蝙蝠、稻草人的橘色旗幟，和幾隻剪了兩個眼洞的布鬼在秋風中百無聊賴飄晃外，偌大空地上，任憑我熱切復努力地，東尋西覓、近觀遠矚、左右張望、上下求索，別說巨貓、普通貓、迷你貓了，連一隻貓身上的跳蚤都沒看見！

這可真是這美麗秋日下午最意外的反高潮呵！

就當我滿懷狐疑、失望決定放棄的剎那，猛一長眺，才終於遙遙瞥見廣場拐角最邊疆的簡陋舞台上，那巨貓之長尾和俏臀，正遠遠向我熱切招手呢！

怎麼會這樣呢？

我納悶，且不解！為何巨貓不在原先海報和新聞照片所顯示的展覽位置，卻草率唐突地被塞在轉角大後方之冷僻舞台上？且因這七公尺長的奇幻作品過巨，舞台無法橫向正面容納，於是在非常聰明且自我感覺良好的變通情況下，改採以斜置於舞台對角線的方式權且展示，於是，委屈的巨貓便以尾巴屁股向外懸空、貓頭貓臉朝內面壁的身姿，可驚、可笑復可憫地出現在我眼前了。

我繞至舞台後方，與巨貓四目相對，想和它交換一個微笑，但，是我看錯了嗎？它那憨厚稚拙的表情仍在，可卻看來好像有點哀傷、憂鬱了。

我走進紅樓問一位工作人員，巨貓為何不在媒體所報導的位置展示？

那位很潮的年輕美眉淡定回答：

「還有其他活動要辦啊，而且，今天是最後一天了嘛！」

另一位眨閃著人工長睫、看來超萌且有點幸福肥的美眉則湊過來，好心提醒我：

「擺在那裡，妳還是可以看啊！」

哦，我終於懂了。

原來，「展覽的最後一天」＋「有其他活動要辦」＋「還是可以看」的邏輯＝巨貓如此滑稽展出又何妨的結果！

那麼，對藝術家的尊重何在？

這是宣傳海報上所說「讓藝術走入生活」，還是走出生活？

如果，莉莎．拉森知道她的寶貝貓在一個亞熱帶島嶼，遭如此低智商方式對待，會不會很傷心？……

懷著沉重、黯然，向被錯置的巨貓道別後，我決定——

快閃！

走過原應是巨貓展示位置、現正為萬聖節園遊會開始熱鬧布置的攤位區，一個邊聽rap音樂（是青春偶像「嘻哈甜心」的歌吧！）、邊極富節奏感地搖頭抖臀的刺青潮男，正開始張掛繪以黑蜘蛛網、咧嘴大南瓜、骷髏骨骸等圖案的布旗；另一反戴棒球帽的肌肉猛男，則把肌腱、青筋爆凸的光裸手臂，閒擱在他剛固定好、與肩同高的看板邊沿，咕嚕暢飲可樂。

看板上，惡魔降臨、邪氣好笑的吸血殭屍圖像，和這初秋燦燦金陽雖很不搭，但卻異常清晰地點出這即將登場的活動是——

歡樂萬聖嘉年華：吃喝玩樂、親子塗鴉、變裝踩街、開心自拍！

然後，這把無辜巨貓擠到一邊涼快去的萬聖嘉年華，其令人驚喜不迭的主題就叫——

西門遇到鬼！

哎，若是遇到鬼！那我就真的無話可說了。

而當巨貓遇到鬼！

我不禁啞然失笑。

不只是我，連莉莎．拉森和巨貓，恐怕，也都無話可說了。

青春是一條延長線

溯光陰的長河而上，與淑苓究竟是何時結文學善緣的？已不復記憶了。但，典雅無爭，清寧婉約，彷彿從宋詞裡走出——我猶清晰記得——卻是多年前，我初見這年輕學妹的第一個印象。

那時淑苓已在台大中文系任教，春風化雨、學術研究外，復彩筆在握，右手寫詩，左手寫散文，是當時極少數足跨創作、學術領域的女作家。

身為創作者，與一名挑剔的讀者，我一直喜歡淑苓的作品，不只因為在主觀情感上，我們是「系出同門」的學姊妹，窗前燈下，展卷細讀那煥發的文采情思，總倍感親切外，更因為就客觀評價言，淑苓的詩文，或雋永簡淨，不假雕飾；或婉轉抒情，淺語深致；或明朗幽默，富童心諧趣；而若筆涉社會議題，例如女性關懷與九二一地震，則又往往以理性編織感性，在不動聲色但卻充滿戲劇性象徵的筆法下，直指最傷痛驚駭處，令人震歎低徊——總之，在呈現生命的色彩、情調、關切與凝視時，那自成一格、往往張力十足的筆觸，總令人過目難忘。

原以為和淑苓就只是這樣相惜、相重的學姊妹和文友關係與情緣了，卻不想女兒大一時的國文老師，意外，但也很幸運地，竟是淑苓。

女兒大學畢業如今已近十年，但她心愛的櫻桃木書櫃裡，猶保存著當年老師用心評點批註的作文。

其實，淑苓當時並不知學姊女兒就在她班上。我還記得，女兒一篇關於現代小說的讀書報告中，曾引小說人物口頭禪而用了「真『他媽的』痛快與傳神！」這完全顛覆淑女風範、突破傳統教育容忍底線的文字，但淑苓卻持開放態度，在句旁特畫上紅圈，以示認同這或不符規範但實亦「痛快傳神」的表述，全不以狹隘道學觀點，去限制學生進行自由、大膽、另類的「直抒胸臆」。

而另一篇用心良苦的評語，淑苓則洋洋灑灑寫了數百字，除從文學觀點分析寫作技巧得失外，還更提醒熱愛文學卻進了法學院（政治系）的女兒，「要以『心』去面對生命的抉擇，最重要的是——無悔……」如此心法傳授與點撥，仔細尋思，則實已不只是經師，而更是人師了。這篇評語娓娓道來的口吻、細膩誠懇的說理，身為母親，多年後之現在，當我重新從櫻桃木書櫃再找出那紙葉泛黃的大一作文，摩挲詠讀，仍不能不由衷感激，並慶幸，女兒學生生涯最後一年國文，是遇見了如此溫暖真誠的老師。

是的，溫暖真誠！

那其實亦是淑苓作品非常重要，或說「辨識度」極高的一個特質與基調。無怪乎淑苓有散文集名《深情記事》了，她原就是一個如此處處留心、用心、貼心的深情女子。記得民初作家巴金曾說：「我寫作不是靠才華，而是靠感情」，據此而論，則淑苓不僅有感情、有才華，還有中文系教育薰陶下深厚扎實的學養基礎，令人豔羨的三大條件如此具備，則其寫作之途便自是，亦早就是無往不利了。

不過，有趣的是，在她最新散文集《誰寵我，像十七歲的女生》裡，淑苓卻並不特別訴諸其才華與學養，而逕以另一種身姿、另一種語感、另一種「深情記事」的方式去從事書寫與發聲，但迴盪於字裡行間不減不變的，卻依然是，那令人眼熱心動的真誠與溫暖。

簡言之，這是一卷充滿畫面感並洋溢音聲笑語的青春回憶錄與歲月剪影集，而天真取向的書名《誰寵我，像十七歲的女生》，鮮活嬌憨，亦實掩不住少年情懷與青春光焰撲閃其間。莎士比亞曾說：「青春是不耐久藏的東西」，但淑苓顯然非莎翁此語信徒，因為透過《誰寵我，像十七歲的女生》，我們發現，淑苓竟全然無視且無懼時光之迢遞阻隔，卻愉悅自信地以一枝筆為槳，縱一葦所如，向從前出發，不僅終來到記憶的現場，揭開時光的封印，且更向往昔歲月進行親切有情的文學召喚，於是所謂青春，那令莎士比亞感慨萬千的年華流光，遂彷彿被施以魔法，竟喜悅順從地，一一被她「久藏」、定格，且生動再現於這些芬芳篇章中了。

但也不只是久藏、定格，與再現。

因為淑苓撿拾繽紛的時光記憶，鋪排成完整的青春拼圖，書寫主軸雖是早年北一女校園生活往事、生命中一段由陽光包裝的歲月、甜美清純如透明水晶不沾一絲雜質的少女情思，與飛揚飽滿的青春情懷，恰如淑苓所說，是「心裡住著一個善良天使」的純情年代——然而這一幀幀「個相」之文字寫真，反覆品味，卻又何嘗不是，所有閱讀這青春物語的讀者，其青春情事「共相」的顯影？

因為就在這細細悅讀的過程中，我們淡淡微笑，悠悠懷想，隱隱觸動，默默悵惘，更深深共鳴，因而不自覺地被指引、感染著，竟也一再撥開厚重的時光灰塵，重返青春遺址，去搜尋探訪辨識，並進行指認，而終與那遙遠模糊、暌違多年、卻何其清新稚拙的十七歲的自己，照面相逢了！

因此，淑苓所書寫的這一光陰長卷，固是其小我個人之青春斷代史，但因碰觸、啟動了我們早已遺忘的一枚名喚「往日情懷」的時光按鍵，復呼應、印證了古人「人不癡情枉少年」之深慨詠歎，而終令人頓悟——青春，真是生命裡一段天使附身的歲月、記憶深谷一處永遠發光發亮的地方！在那時光伊甸園裡，不知人間憂患的我們，是曾如何單純盼望，太陽底下每一天，都發生一些教人感動、快樂的事！但隨著現實濡染，滄桑降臨，天真不再，純情變色，悲欣交集、已識人生複雜真味的我們，終被逐出這燦爛伊甸了。

只是，那曾附身的天使，是否仍靜靜蟄伏在我們心底某一角落呢？

透過淑芩娓娓細述「高三樂班」畢業三十年後，齊心協力，共同織綴完整的全員聯繫網絡，與「三十重聚」高潮時刻的來臨，我們不僅看見了那令人驚羨的女性情誼、團隊精神是何等真摯穩固，歷歲月剝蝕而絲毫不改其溫馨堅實，同時，也終釋懷、了悟並欣然發現——天使，其實是從不因歲月遠颺而捨人離去的，當我們內在仍沛然鼓盪著溫情、愛與青春意識；當我們仍寵愛自己，也寵愛別人，像十七歲的女生，那冬眠蟄伏的天使，便又生氣盎然在我們充滿善意、依然年輕的心中甦醒活躍起來了。

於是，這可喜可感之青春情事悅讀至卷末，我乃不免由衷讚歎，一個名喚「高三樂班」的sisterhood的故事，能如此靜水流深三十年竟不曾間斷！則其未來自亦可預見，當款款持續下去。

而青春，對這些已成熟為一群時時自我祝福的女性來說，自亦彷彿是一條神奇美麗的延長線，正歡快穩健地向光陰前方——

迤邐而去。

註：本文是為洪淑苓散文集《誰寵我，像十七歲的女生》所寫的序。

卷三／把歲月這塊石頭坐熱

老師的週記——把歲月這塊石頭坐熱之一

我告訴學生——「寫週記比讀週記幸福」——但他們都不相信。

學生時代，我就愛寫週記，那是我和世界對話的一種方式。

並不在乎唯一的讀者——導師——如何批閱，也無視週記簿上「生活檢討」、「一週國內外大事」、「師長訓話記要」等欄目限制。青春少女時代，在突破框架、振筆疾書、有話就說的奔放中，我感到一種天馬行空的快樂！

對彼時木訥內向的我而言，手中握住一枝筆，便找到了一條可以盡興說話的路；面對一張空白的紙，便遇見了一個凝神傾聽的對象。

雖然，最私密的心事，還是留給了日記。但如此高度伸張自我的率性，在當年，週記以毛筆書寫、被班上同學視為「可恨之作業」的年代，卻使我幸運地摒除了這負面、消極的想法。

學校畢業後，最先在一所高中教書，身兼導師，每週批閱近六十本週記的沉重負荷，曾令我不免向學生「訴苦」——「寫週記比讀週記幸福」——但他們都不相信。

而站在老師立場，無論我如何鼓勵這群半大不小的孩子——只要真誠、自然、放輕鬆去寫，海闊天空，自由發揮，寫週記也可以是「一種樂趣」、「一件有意義之事」……但掀啟簿本扉頁，通常我所讀到的，卻仍多是潦草應付、乏善可陳的內容。

我覺得已善盡誘導之責，何況我那麼認真批閱。以硃筆回應學生的「導師意見」，有時比他們所寫還多。在引領學生寫週記這事上——當時我認為——我還能做的比這更多嗎？

教師生涯十年後，為了童年時代一個已然遙遠、卻從不曾模糊的作家夢，我勇敢遞出辭呈。週記的故事雖自此從生命中淡出、消失，但多年來，赴校園和老師們進行文學約會，「學生不愛寫週記」的感慨，卻仍不時有所聽聞。

從我學生時代至今，幾十年了，我思索，為何這事始終難以被歡喜接受？

這是台灣學生不可承受之重、必要之無可奈何嗎？

而如果當年——我自問——你告訴學生，說這是「一種樂趣」、「一件有意義之事」，但他們並不這樣認為，那麼身為引導者的你，可曾親自示範，讓他們具體感知呢？

換言之，身為導師，若當年我亦逐週書寫，把「老師的週記」張貼於教室布告欄內，供學生觀摩討論，告訴他們，嗯，週記，也可以這樣寫，結果是不是會不太一樣？……

然後，去年冬天某日，至台中一所高中演講，當一位感歎週記品質低落的年輕老師，探問有無提升之道時，我建議：

「何不我們自己就寫一兩篇給學生看看……」

年輕老師以工作繁重，面露難色之際，一個念頭忽然如閃雷般擊中我，我告訴她：「那這事就讓我，一個曾是導師、如今是作家的週記愛好者來做吧！」

奔馳如電的北上高鐵車廂裡，當那位老師好奇、期待的表情一再浮現時，我決定履行對她的承諾。

寫週記之構想，於躍躍欲試的興奮中，乃逐漸在心底成形。

然而，向潛意識深處探索，這躍躍欲試的興奮——我懷疑——是不是也因當年我未曾提筆去寫的「老師的週記」，在多年後，如還願般，終將被完成的緣故呢？

微笑馬拉松——把歲月這塊石頭坐熱之二

就這樣，新年來臨，我的年度計劃之一是——寫一本週記。

就這樣，新年來臨，我的年度計劃之一，乃拍板定案——寫一本週記。五十週，將這一週代表性的思感見聞、體驗參悟，總之，有意義或值得書寫之事，也許搭配一兩張數位照片，以文字和形象記錄存檔。

然而如再細加推敲，愛寫週記，一個更深層的原因也許卻是——我不寫，或說拒寫日記吧！

自己不寫，也從不鼓勵別人寫。

因為從高中時代起，在斷續寫了多年日記後，我發現，所謂「持之以恆書寫日記」，其實是一個自設的美麗陷阱，是以一件我們做不到的事來要求自己。

畢竟，日記的定義——每日書寫，既極端嚴苛、毫無彈性，也完全違反人性。試想，若連最基本的吃飯一事，我們都不一定能每日行之——例如有些人因宗教或健康因素，需進行斷食——那麼「毫不間斷地」每日書寫記事，又何能絕對貫徹？

當一本本間斷、中止的日記，陸續在歲月中出現，「君子立恆志，小人恆立志」的自嘲，或自責，便悄悄製造出負面的自我形象了。

以殘壘之姿，訕笑我們「缺乏恆心」的中輟日記，令人難以自我感覺良好。那真是打擊我們對自己認知與評價的絕佳利器；既不健康，也不必要。

因此，為這事加入一點人性考量、自由成分，把苛酷的「日」，適度寬鬆為「週」——寫一本文學週記，五十帖小品——那便是我在這新的工作年與成長年自訂的「家庭作業」。

一場打算以輕鬆心情，認真去跑的馬拉松。

歲月馬拉松。微笑馬拉松。

天行健，君子以自強不息！

而自強不息，最理想的自我檢驗標準和單位，豈不就是「週」，而非迫促得毫無喘息空間的「日」，也非鬆散得毫無意義可言的「月」、「季」、「年」嗎？

身為寫作者，那應也是我進行自我鍛鍊、建立生活與工作紀律的一種方式吧！

當我所景仰的文壇前輩余光中，以一種馬拉松精神，行年八十，完成了千首詩群之際，心嚮往之，我亦但願以這種精神、意志、紀律，逐年完成屬於我的紙上馬拉松，在歲月終端回顧文學足印時，能以千帖小品，回答自己。

沒有外務的早晨，如公務員般「上工」，至遲九點，在電腦前就定位，以一杯綠茶或女兒寄贈的南非國寶茶Rooibos相伴，歲月大道上，我開始了今天的跑程。

養了十八年的虎斑黃貓「真好」，每每，也如公務員般，於此際跳上木椅，溫柔相陪。

特別把一冊心愛小書，和兒子出國前囑託照顧的北海道綠球藻，置於它身畔，以增加畫面豐富感，這平日愛搗蛋的貓咪，乖巧安靜地，讓我拍了張照片。

綠球藻瓶蓋上鮮明的愛心，提醒我勿忘兒子的信任與囑託，是他離家後我特別添上的裝飾。

而週記外，定期為綠球藻換水，想來，又何嘗不是我與他再次相見前，持續進行的另一場微笑馬拉松呢？

石の上にも三年——把歲月這塊石頭坐熱之三

坐上三年，再怎麼冰冷的石頭都會溫熱。

在輕巧的數位相機和智慧型手機高度普及、幾乎人手一機的時代，自拍他拍，不論即興或刻意設計，都充滿了娛樂色彩。

因此為了讓寫週記一事更富趣味、創意、視覺效果，且彰顯數位世紀特色，我微笑著想，或也可順便為某些生活記事趣拍一兩張照片。

遊戲規則，如此這般，簡單確立後，It's full speed onto the target！週記之書寫，便是一個全力以赴、游於藝的歷程開展了——

自由地描述一點內心的生活、說出你對這世界的一些看法、記錄一束私感覺或詩感覺，呈現你所願意與人分享的新鮮的生命滋味、思考、故事等。

總之，以熱情、真誠為基礎，讓一枝筆在紙上輕鬆散步，自在閒行，去開啟一種親切友善的交談方式與表述內容，創造一種新的意義與滿足，為這例行、必行之事「增值」——我想，週記應該可以玩得很精采！

而在許多時候，經由一枝筆抵達心靈，那其實往往也是我們進行自我鑑照、整理內在的一個機會，於寧靜的獨處中，去面對、親近、指認、或更了解自己，誠如女兒不久前寫在紙片上送我、後來我把它做成一枚書籤的兩句話——To write is to think,to think is to write！

如果，在打破乏味可厭的「作業」假面後，具備這許多內涵，那麼，所謂週記，怎不是「一種樂趣」或「有意義的事」呢？

而對於像我這樣的寫作者而言，掌控穩定的心情、節奏、步調，讓生命保持在一種有意義的書寫狀態，並且，匀出固定的塊狀時間工作，更應是不負手中這枝筆、不負天真童年想當作家之初心的做法吧！

時間管理專家曾說：

「我們常高估自己在一天內能完成的事，結果徒增挫折感；但另方面，卻又常低估自己經由日積月累在一年內所可完成之事。」

日本諺語則說：「石の上にも三年。」

意思是，坐上三年，再怎麼冰冷的石頭都會溫熱。

那麼，當文學景氣冬寒的時刻，且回過頭來安靜做自己的功課，既不好高騖遠，也不放縱自己，就讓我藉由人生新週記之書寫，把歲月這塊石頭，坐暖、坐熱吧！

後記：從這五十篇週記中，我挑選了部分篇章，收在本書卷二、卷三和卷四中。

假如我有九條命

或許，我們應經常清醒穿梭於那些有溫度的夢之間。

據說，貓有九條命。

但以我多年養貓經驗來看，在造物者武斷的生物定律下，這種靈巧狡黠的動物，其實並未得天獨厚，享有特權。

眾生平等，貓，只有一條命。

九命之說，一位獸醫朋友告訴我，是因為如從高處墜落，貓比其他體積、重量相同的動物，受傷和死亡率都低，且往往「低得宛如奇蹟」之故。

這點，獸醫朋友笑說，倒得天獨厚，因為貓所獨具之特殊平衡能力使它們在高速墜落時，會本能地迴轉身體、放鬆肌肉、伸展四肢，恰如林間優美滑翔的飛鼠或受過良好訓練的傘兵；而絕佳的身軀彈性與柔軟度，乃至如肉墊般厚實的貓掌，也往往使牠們在觸地瞬間，能承受極大衝擊力，讓自己免於受傷。

如是觀之，則英文成語「貓有九條命」，倒真是以文學性誇張，一語道盡貓的優異稟賦了。只是，在貓稟賦優異這樣的科學解釋尚未出現前，九命之說，無論如何都令人感到不安，於是這具有高度「墜落優勢」的動物，遂格外被賦予神祕、詭魅甚至靈異色彩了。

然而，時移義遷，在強調正向思考之今日，卻也有人另出新詮，認為人生在世何如就做一隻九命貓？九命，正象徵與困難纏鬥不休的執著，一種前仆後繼、「打不死」的精神意志與堅持！如此「誤讀」九命怪貓傳統意涵，巧妙扭轉了一個陰森奇詭意象，倒也為它灌注以高度陽光取向的勵志意義。

而如結合「九命」概念與現實人生，延伸思考，並進行引導式想像——假如你有九條命，你將……？——那麼有趣且耐人尋味的是，我們的回答，竟往往是生命裡有待實現的一張心願地圖，和夢想清單！

記得余光中〈假如我有九條命〉一文，開宗明義便歎「假如我有九條命，就好了。」余光中並且假設，若生命真有此寬綽餘裕，那麼，他個人對這九條命的「規劃」便是——要分別用來應付現實生活、陪伴高齡父親與岳母、要做專職丈夫爸爸和朋友，並且要心無旁鶩分別用來讀書、教書、寫作和旅行；至於在這所有責任分工和世俗價值盼望之外的最後一條命，他則打算用來「從從容容過日子，看花開花謝，人往人來，並不特別要追求什麼，也不被『截止日期』所追迫。」

「從從容容過日子」的想望，常使我想起美國散文家梭羅，敘述澈底放空自己時所說的一句話——「我停止了我的生活，開始了我的存在」——就像溪邊一塊鎮日傾聽流水音樂的石頭，一株幸福開花的大樹，一個微笑感受地球轉動速度的寧靜自我，一種獨與天地精神往來的自如境界。

而神往之餘，若也以「九條命」假設自問自娛，常想，我的自我回答會是什麼呢？除應付現實生活、唯家人幸福是問、寫作、慢活（從從容容過日子）之想望與余光中先生相同外，我卻希望，能特別撥出兩條命，來讀窮盡此生也讀不完的好書、趣書與奇書；然後，一條命傾擲於園藝，既如老農復如老圃，去開拓一種與綠色族類親暱對話的生活；一條命用來把第二外國語日文，學習得和母語中文一樣靈活嫻熟；最後一條命，則希望在倚山或傍水之芳草地上，經營一座無籠檻的動物伊甸，為它取一個溫暖的名字，收養無主被棄之流浪貓狗。

透過「九條命」的狂想、異想或綺想，在許多時候，生命深層的渴望與大夢、我們心目中的「理想人生」，乃至當下現實的缺憾、不足與未完成，便如是明晰浮現了。那應是我們撥雲見日、與自己深情相遇，且重新確認、凝視生命初衷的練習與遊戲吧！

交織著淚光與微笑，假如我有九條命，其實，是一個永遠沒有所謂完成式的假說與命題。

但即使如此，我想，或許我們仍應經常清醒穿梭於那些有溫度的夢之間，祈願它們終有實現之日，並且時時自我祝福，縱令年光有限、僅此塵世一遭，卻也能活出——多重人生的充實！

早起的貓

如果真中頭獎了，我一定……

連續槓龜多期、號稱台灣彩券史上頭彩獎金最高的威力彩據說極可能開出的那個傍晚，擁擠的捷運車廂裡，我聽見身旁一對年輕男女，正興致勃勃討論可能的中獎號碼，忽然男孩深情地說：

「如果真中頭獎了，我一定先幫妳買上次妳看中的ＬＶ淑女包，和那個限量經典米白棋盤格背袋！怎樣？有夠疼妳吧！」

但穿著agnis.b名牌Ｔ恤的女孩斜瞪男孩一眼，不滿意地說：

「這哪叫疼？如果中頭獎，你應該幫我開一家ＬＶ專賣店，讓我當老闆才對！……」

當女孩挽著男孩手臂下車，目送他們連體嬰般親密背影消失在人群中時，我想起李敖曾自稱，在「貧賤不能移，富貴不能淫，威武不能屈」之外，他還是一個「時髦不能動」的人。

初見這番說辭時，不覺莞爾，因為我也是「時髦不能動」一族，對時尚不感興趣，覺得樂趣不大。

這並不表示我反時髦或抗拒流行。不，我尊重所有時尚，但不想把自己珍愛的時間、金錢投資在表象浮華上。對於衣服、鞋子、包包等用品物件，只要舒適、實用、清雅、簡單、具個人風格，便是我心目中的「精品」；而在光陰與個人精力都有限情況下，我委實無心，或說無能，加入這永遠追逐不完的遊戲。

所以，是不會開LV專賣店的！我想。

但若真中了頭彩呢？

我有點好笑地問自己。

若真擁有鉅資——是的，我也曾思索過這課題——那麼，我想做的第一件事，便是買下一片郊野，開闢一座流浪動物樂園，請專人從台灣各暗巷角落，尋找失寵被棄的貓，也或許狗，集合在樂園裡，中止牠們在人間受難的命運吧！

因為我曾走訪設立於墳場旁的「台北縣流浪動物之家」，也曾與環保局清潔大隊捕犬小組同赴街頭，實際了解並記錄他們的捕捉棄犬行動；更曾在「家畜衛生檢驗所」的

「痲醉善後處理區」內，親見驚恐掙扎的數十隻棄犬棄貓集體痲醉後、被推進火海熊熊的焚化爐，銷燬成雪白乾燥骨灰與細碎渣塊的全部過程。

龐大的悲哀痛苦，如海嘯般轟然湧至，一再撞擊我，啊，莊嚴無辜的生命，不應如此被對待啊！於是，當叔本華最心愛的禱辭——「願一切有生命的，皆免於受苦」——也內化成我心中一個理念時，我暗自決定——如真擁有鉅資，要讓這些被惡意遺棄的「寵物」，重返一座哀憫構築的樂園，不再被視為「街頭有體溫的垃圾」。

樂園成立後，若還行有餘力，那麼，我想實現的第二個願望則是——打造一座風格空間，兼賣各式素淡優格、清馨花草茶。

在我的想像和願景裡，這風格空間四壁應全是落地玻璃窗，明亮潔淨。綠意盎然的盆景，如一首無聲的碧色交響詩，紛然錯落，交響詩主旋律則是我最愛的鐵線蕨。

然後，樂聲潺湲，在這清麗空間流淌，每天，都是一位音樂家日。於是，風格空間的歲月，遂不再只是三百六十五天的依序遞嬗，卻還更是「貝多芬日」、「莫札特日」、「海頓日」、「蕭邦日」、「舒伯特日」、「布拉姆斯日」、「韋瓦第日」、「柴可夫斯基日」、「德弗札克日」、「馬勒日」、「蕭士塔高維奇日」，甚至是「麥可傑克森日」、「恩雅日」、「李泰祥日」、「江文也日」、「馬友友日」、「郎朗日」……的有趣更迭。

此外，風格空間還將闢一專區，陳列我所喜歡的作家如艾蜜莉·狄金生、梭羅、陸游、東坡、板橋、余光中等作品，以及有關他們的資料、評論、訊息，供同好參考、悅讀，也將不定期舉辦以他們為主題的小型讀書會、演講和座談，讓這裡成為一座迷你的雅集園地。

當然，這結合文學和品味休閒的空間，也將穿梭、點綴著幾隻貓，並且，店名就叫——早起的貓！

因為獅子座的我，本就合該養貓。

因為貓雖是哺乳動物中最嗜睡的，但不同於我們對夜貓的認知，牠們其實是非常機敏矍鑠的早起一族，比太陽還更早！

當這群真正的早起族，在黎明前，以令人驚歎的爆發力，精準無誤，完成今日豐富的狩獵後，便常開始以哲學家、藝術家，和熱愛自由的個人主義者之姿，嬉遊人間、悠然酣眠、窗前沉思、眺望這整個世界……總之，從容優雅、自信自在面對這一天的生活了。

早起的貓，總是以高效、豪華，且浪漫運用時光的方式，啟示著我一種輕鬆極簡的生命風格、歲月不驚的樂活態度。在焦躁忙亂的現實世界，若能開拓一充滿慢活、樂活氛圍情調的公共空間，應也是有趣且有意義的一件事吧！

……

和深情男孩、agnis.b女孩捷運車廂偶遇，已是好幾個月前舊事了。

不知那次彩券開獎結果如何？

也不知年輕女孩是否已實現她的LV專賣店之夢？

至於我，不論能否成為超級幸運者，樂觀眺望未來，我期盼自己有一天，終能成功打造那群失樂園者的樂園，並擁有「早起的貓」！

生子當如歐巴馬

我相信，在歐巴馬字典裡沒有「悲情」一詞，卻只有「態度可以決定命運」的陽光信念。

並不是那麼熱愛冰凍甜食，但如果可能，卻很想買一杯「Yes, pecan!」冰淇淋，細品個中風味。

Yes, pecan! 是的，胡桃！

這是美國Ben & Jerry's冰淇淋公司，在歐巴馬就任美國第四十四屆總統當天，特別推出的新口味。

令人莞爾，躍躍欲試，且成為一則有趣的國際新聞，自是因為「Yes, pecan!」冰淇淋，搭上了歐巴馬競選口號「Yes, we can!」便車之故。

簡潔自信的經典口號，陽光取向的勵志金句，但，「Yes, we can!」其實，原是歐巴馬第一場敗選演說的講題。

那是二〇〇八年一月，在新罕布夏州，具指標作用的民主黨總統提名人第一場選舉，民調大幅領先的歐巴馬，卻敗給了希拉蕊。

低迷氣氛中，放下已擬好的勝選講稿，歐巴馬向群眾信心喊話，除承諾若當選美國總統，要「停止與伊拉克的戰爭」，「恢復美國在世界上的道德地位」外，更提出「Yes, we can!」信念，籲請支持者突破失敗迷思，相信自己，相信未來，因為「沒有不可能的故事」，「沒有什麼困難是無法解決的，也沒有什麼命運是不能實現的！」……

這場演講令所有支持者大為鼓舞，也令遠在地球一端的局外人——我，深受感動，是因為這充滿正面能量的一句話，不只是動聽的競選口號，更是歐巴馬生命故事的映現和寫照。

透過自傳，我們知道歐巴馬父親是赴美深造的肯亞留學生，學成歸國後，等於離棄留在美國的妻兒。雖然歐巴馬童年在外祖父母關愛撫養中長大，但父親缺席的童年、與生俱來的黑膚、白人孩童訕笑排擠的經驗、自我認同的摸索與掙扎等等，曾令他在混亂迷失中，度過一段自暴自棄、酗酒吸毒的歲月。

不過二十七歲那年的肯亞尋根之旅，卻讓歐巴馬對父親產生諒解與同情；同時也讓他頓悟，身為黑人的重擔、責任與光榮。終於，當他宣稱自己的膚色就是「夢想的顏色」，並且處女作書名就訂為*Dreams from My Father*（中譯《以父之名》）時，撥雲見日，走出陰霾，他實已為自己生命找到輝煌的解釋與定位。

歐巴馬第二本著作是*The Audacity of Hope*（中譯《無畏的希望》），這個理念若與他競選時兩大主軸「Change」「Yes, we can!」合而觀之，實不難看出在艱難的成長奮鬥歷程後，這黑人之子所懷抱的壯志、理想、使命感與自信樂觀的人格特質。

當這位懷抱無畏之希望、打破種族樊籬、主張Change的行動者與夢想家，終成為美國歷史上第一位出自單親家庭，與第一位非裔黑人總統時，他的巔峰表現，更告訴了世人——「Yes, we can!」超越在選舉之上，不是口號，而是一個真真實實終於被完成的故事。

這故事回應了林肯、金恩博士的美國夢，與歷史進行了一場美好的對話，不僅對歐巴馬、對美國人，甚至對全世界都具有啟發性意義。

我相信，在歐巴馬字典裡，沒有「悲情」一詞，卻只有「態度可以決定命運」的陽光信念。而堅定自信的「Yes, we can!」則尤啟示了我，做為一個對自己人生負責的人，眼光的高度要放在哪裡！

三國時代曹操曾以「生子當如孫仲謀」（註）之歎，來表達他對孫權由衷的欽服愛賞。若歐巴馬任內實踐他的競選承諾，顯示他是一位非凡的世界領袖，那麼，我也願以

「生子當如歐巴馬」之頌讚，來表達我對這位二十一世紀代表性人物的敬意。

據說「Yes, pecan!」冰淇淋，是butter pecan口味。雖然butter的高熱量暗示，令人卻步，但此冰淇淋既和「Yes, we can!」有這麼美好的聯結，有機會我當然要品嘗一下！

註：曹操此語見《三國志》卷四十七〈吳書・吳主權傳〉中的裴松之注。後來辛棄疾在其詞中也有「天下英雄誰敵手？曹劉。生子當如孫仲謀」句。

當父親對母親開槍——速寫柯林頓

白宮幕僚說，那是柯林頓總統就任以來最感傷的一次告白！

就一個四歲男孩而言，如此殘酷駭人的記憶，會在他生命中留下什麼樣的陰影、創傷呢？

當父親對母親開槍！

前美國總統柯林頓，在接受《好家政》雜誌專訪時，便曾眼含淚光透露了他童年時代這悲哀不幸的經驗。

即令事隔多年，但來自婚暴家庭的背景、成長歲月缺乏父愛的辛酸，仍讓這在美國政壇叱吒風雲的強人，提起往事黯然神傷。白宮幕僚說，那是柯林頓總統就任以來，最感傷的一次告白！

告白中柯林頓回憶道——生父在他出生前過世，繼父與母親婚後，曾有過一段美好的蜜月期，他幼年時也很愛繼父，其實繼父並非惡人，但因有著自怨自艾的性格，又貪好杯中物，酗酒後情緒失控便常毆打母親。

印象中，柯林頓說，他記得有兩次，繼父威脅要殺母親，而四歲時，令他永遠無法從記憶消磁的，則是親眼目睹繼父對母親開槍，所幸子彈擊中牆壁，才未釀成悲劇。但婚姻暴力已成為母親一生最深沉的痛苦，童稚歲月所經歷的各種驚悚恐怖事件，也在他心底留下難以磨滅的陰影。

如此的成長經驗，柯林頓難掩失落地說——使他完全缺乏男性模仿對象，並且有很長一段時間，他一直懷疑自己是否有能力去經營一個成功的婚姻？

「因為如果你所見婚姻範本那麼差，下意識裡你就是會缺乏自信！」他解釋。

幸而這在暴力陰影中成長的男孩，後來力爭上游，不但極力擺脫童年不幸帶給他的影響，並且在成為國家元首後，還以「一個曾深受婚姻暴力之害的孩子」立場，挺身而出，呼籲美國男性，永遠不要對女性動粗！

「男人用肢體暴力控制妻子的故事，必須成為過去！」他說。

由於在美國，每十五秒就有一件婚暴事件發生，美國外科醫生協會也一再強調，美國成年女性最大的傷害威脅不是心臟病，而是婚姻暴力，然後，當妻子忍受不了丈夫施虐，帶著兒女離開時，他們也往往淪為無家可歸的流浪人口或社會邊緣人。

因此柯林頓認為婚姻暴力所關涉的範圍，不只是女性，還包括了兒童、人權、性別正義等，是一個重大的社會議題與犯罪行為——如此觀點，在當時，可說革命性地破除了傳統把婚暴當家務事看待的迷思。

只是，令人感歎的是，當年眼見母親遭虐、倍感痛苦的美國男孩，成人後雖是反婚暴的堅定力量，但卻也是不斷身陷緋聞困擾，婚姻成為世人話柄甚至笑柄的總統。

若證諸他所曾透露的自白——懷疑自己是否有能力去經營一個成功的婚姻？

那麼，是否，當年他目擊父親對母親開槍的傷害與負面影響，仍潛藏心靈深處？

於是，在媒體上再看見這美國歷史上性醜聞最多的總統時，複雜感受外，我對他多了許多同情！

語言玫瑰

「謝謝妳打掃得這麼乾淨！」

「祝妳事事順心喔！……」

1

那是一個與「芬芳」概念絕緣的地方——

公共廁所。

人來人往的狹窄空間、總是潮濕的地面、經常令人不悅的污垢與氣味，從沒人想多做一分一秒的停留！

但，卻有人長駐在此，且不斷努力要把這不可愛的地方，整頓得可以離芬芳近一點。

他們是廁所清潔工。

一群自我價值感、成就感都很低的勞動者；從未得到任何重視與感謝，只日復一日，不斷重複著辛苦吃重、除穢清洗的工作，毫無美感、樂趣可言！

常想，是否該表達一點什麼呢，對他們？

但卻總不聲不響從他們身邊，匆匆，走過。

終於，那日，在客運車站老舊公廁內，當那略顯疲憊的清潔婦，把水淋淋洗手檯擦拭乾淨，又擺上一缽小小的萬年青盆景時，我道出了積壓在心已久的話：

「謝謝妳打掃得這麼乾淨，妳……對社會有貢獻ㄟ！」

不知為何？但想必真有此感吧！我竟講出了那頗有「重量」的話。受寵若驚之餘，忙碌的清潔婦以一種當不起這讚美的表情，低聲說了句：

「我有拿薪水啦！」

隨即抄起拖把，開始沖水擦地；但轉身之際，我似看見她臉上綻出一絲靦腆的微笑。

那是我對這群沉默工作者送出的第一枝語言玫瑰，在無數次享用他們辛勞付出的成果之後。

而如此表達由衷謝意、鼓舞低盪的工作士氣、引出微笑，難道不是身為受益者的我應有的表態嗎？

於是，我決定持續那樣說（但略去鄭重的「對社會有貢獻」一句）。決定，持續送出一枝又一枝芬芳的語言玫瑰，在一個不很芬芳的地方——為一群維繫我們這城市品質非常關鍵的工作者。為一群，啊，企圖把人間一處污濁角落，努力打造成芬芳淨土的人！

2

傍晚，在小巷散步。

漸暗天光中，一個穿白襯衫黑窄裙的年輕女孩，在公寓信箱內正逐一塞進廣告紙。尋常巷弄中何等普通之情事啊，我想，遂絲毫未加注意。

但就在與女孩錯身瞬間，忽然她出聲喚住我，從手中厚厚一疊廣告紙裡抽取一張交給我，並且說：

「我是信義房屋仲介的偉婷，這裡有份資料請妳參考一下，如有需要，請和我聯絡，我很樂意為妳服務，謝謝！」

說完，轉身離去時，又回過頭來補上一句：

「祝妳事事順心喔！」……

已然金鉛般的暮色似又黯了一點，但我卻發現女孩那閃現一枚淺淡酒窩的微笑，如此真誠！於是，收下這陌生女孩遞給我一枝芬芳語言玫瑰的同時，我也情不自禁滿懷喜悅、熱情真誠地，回贈她以一枝同樣芬芳的玫瑰：

「妳也一樣！也祝妳事事順心喔！」

然後，兩個素昧平生、偶然相遇、人海茫茫今後恐再難相見的女子，就藉著這真誠美麗的語言玫瑰，劃出了稍縱即逝但卻從此定格在心的「交會時互放的光亮」！

事隔多日，如今，我仍保存著那A4彩印紙頁。每當家人問起為何還留住那「沒用的」廣告時，我總半開玩笑回答：

「說不定哪天，如果真買賣房子可以參考嘛！」

但我知道，我想留住的，不是這個，而是那被祝福的記憶，是語言玫瑰背後芬芳的人間善意，以及，在生命某一時空點，那曾發生過的真實的溫馨與美麗。

我覺得自己誠屬幸運，因為在一平凡小巷裡，曾有人如天使般，為我捎來「事事順心」的訊息、福音與預告；而當我偶爾陷入低潮，那記憶竟也頗能產生精神喊話的效果，向我放送如此的訊息——不要害怕困難，不要害怕挑戰，做你該做的事，勇敢開心地去實現「事事順心」的預言，要對自己有信心，因為你是被祝福的！……莞爾一笑間，力抗群魔的正向能量倒也悄悄凝聚起來。

我希望那看來像初入職場、充滿高度企圖心、但必然會受挫受傷的女孩，若陷入低潮時也能想起——曾有一陌生路人，與她真誠熱情地相互鼓舞、精神擊掌，她也是被祝福的幸運者！然後，同樣於莞然一笑後，凝聚正向能量，又振奮且元氣淋漓起來！

這也是一種蝴蝶效應嗎？

我想，是的。只是這蝴蝶效應，不在空間擴散，卻在生命中綿延罷了。

於是，我終於開始明白，為何自己總那麼執著且不厭其煩提醒兒女，一定要常對人展現溫暖、感謝的言語與行為了。

因為這是一個荒謬傷痛、經常令人落淚的世界，而我們總有許多外在內在難題要面對並克服；語言玫瑰雖不能解決難題，但卻具有溫柔的取暖、療癒效果，讓我們在淚眼迷濛時刻，仍依稀隱約，看見希望的光，願向光走去！

那就讓世界多一點這樣溫柔的玫瑰吧！

那也是我們美好的塵世責任之一，不是嗎？

戀愛史記第三十七章

無論聖華倫泰，或聖拉斐爾，都只是在提醒世間男女——你如何定義、並延續這份愛情？

這是生命中第三十七個情人節！

當戀愛史記，已書寫至編年三十七之進度——如此資深的兩人，還可以、還需要，或是，還有興致，過情人節嗎？

若可以、需要、且饒富興致，那麼，第三十七個情人節，該怎麼過？

從滿街玫瑰鮮花、甜蜜巧克力、心型手機吊飾、浪漫情人套餐、真愛告白純金項鍊……的眾聲喧譁與蓬勃商機走過，撥開那一層又一層五彩繽紛、令人怦然心動的愛情紗帘帷幕，來到清寧無聲、四壁淨白的心靈密室，我盤腿靜坐，讓自己像一杯茶一樣沉澱下來，開始思考，生命中這第三十七個情人節對我的意義。

聖華倫泰，首先，輕叩門扉，微笑進入密室，喚醒一則傳頌不絕的人間記憶，讓我重溫一卷愛的史詩——

那是西元三世紀，當好戰的羅馬君王Claudius，唯恐已婚男子不捨愛妻、拒絕出征，下達禁婚令時，是華倫泰挺身而出，不顧暴君惡法與自身安危，冒險為相戀男女證婚！

願天下有情人皆成眷屬的善心美意外，這人稱「愛的救世主」的教會司鐸，更有著為天下有情人犧牲的勇氣與決心。終於，西元二六九年二月十四日，當華倫泰以抗命罪名被處死，那血染真愛的殉道之日，遂成世人感念不已的情人節。

祈求真愛、頌讚聖華倫泰的虔敬節日，本應就此行之久遠了。不想本世紀初，英國羅馬天主教會卻出面表示，近兩千年來世人都弄錯了！——愛的守護神不是華倫泰，是教士拉斐爾——因為傷心女子莎拉，在經歷七次準新郎婚前猝死的打擊後，透過拉斐爾祝福與協助，終圓滿與第八位戀人托比亞斯結為夫妻。

因此，以最高、最權威教義詮釋者的身分發言，英國羅馬天主教會澄清——聖拉斐爾，才是「助人覓得真愛」的守護神，至於聖華倫泰所守護的，只是「婚姻中的伴侶」罷了……

由於把婚姻與真愛畫上等號，因此對我而言，這兩者其實並無差別。而以愛為名的佳節，無論聖華倫泰，或聖拉斐爾，應也都只是在提醒世間男女——

你如何定義、並延續這份愛情？

如何在玫瑰巧克力真愛告白……之外，讓每一寸必須面對的粗糙現實、每一個兩人共同生活的平凡日子，即使沒有鮮花巧克力真愛告白加以裝點誇飾，也同樣能夠相視微笑、相看不厭，甚至，同樣都能夠刻骨銘心、有著幸福欲淚的感受？

而從三十七年前，一個極不成熟的年紀，與來自南台灣淳樸鄉間之某男孩初識、相戀、一起成長，到萌生「執子之手」的共識，漫漫長路，迢遞迄今，歲月的陰晴風雨，人世的滄桑曲折，一一顛簸行過之後！如今，關於真愛，我最深切的體認乃是——

那是一種歷經時光無情淬鍊、嚴厲考驗，而終於互為摯友與至友、蜜友與密友，再也無可取代的一種高度默契與深刻關係。

表現在日常瑣碎、最細微具體的一個現象便是——妳再也沒辦法生他的氣超過三分鐘。

而不論從聖拉斐爾，或聖華倫泰手中接棒，妳更矢志，要成為他這一生，幸福與快樂最真誠堅強的守護者！

若論及真愛告白，我想，我真的沒有，也不再需要有，任何言語文字，去做任何表（象的告）白。因為沒有比銘刻在三十七年光陰大道上，每一步相伴前行的足跡，更鮮

蜜友・情人・博士茶0

明、且更堅實具體的內容了。

所以，我生命中第三十七個情人節，一個不需要玫瑰巧克力純金項鍊……卻同樣幸福歡喜的真愛之日！從寧靜的心靈密室走出後，我興致勃勃寫了張小卡片，沖泡了兩杯我們所喜愛的博士茶，然後——

Cheers！

並在心底如此歡呼，向未來我們將攜手同行的雋永時光！

戀愛史記，又掀啟至值得祝福、期待、書寫的下一個章節了。

地瓜葉之戀

我不會移民海外，是因為那些地方沒有地瓜葉！

知名的寶島旅遊節目主持人瀨上剛曾說，如果沒有空心菜，他不會留在台灣。瀨上剛是日本人，在台灣居住已逾二十年。如是漫長的歲月裡，瀨上剛說，他藉以抒解、抗拒鄉愁的一大憑藉——令人難以想像的——竟是對空心菜的愛情！

如果空心菜之於瀨上剛，是他飲食生活中毫無妥協餘地的一種堅持，那麼，在這方面，屬於我的、非常個人化的一個obsession，則是地瓜葉。而我也曾對家人，甚至演講時如此說過：

「我不會移民海外，是因為那些地方沒有地瓜葉！……」

為什麼並非名饌珍饈的常民食物、在地野蔬，會如此牽動個人的重大生命抉擇呢？而這種無從割捨、非關品味的眷戀與忠誠，歷史上最廣為人知的，或許便是「蓴鱸之思」的典故吧！

那是東晉一位江南男子張翰的故事。據《晉書》所載，齊王徵召張翰至洛陽為官後不久，秋季來臨，西風乍起，這深深懷念故鄉蓴羹、鱸魚的男子，拋下一句流傳千古的名言——「人生貴適志，何能羈宦數千里，以要名爵乎？」便率性棄官返鄉了。

學生時代每讀這癡人典故，都不覺莞爾。但多年後卻意外發現，此事尚有後續發展，那便是——張翰歸返故里不久，洛陽發生兵變，齊王被殺，已辭官的張翰倖免於禍。於是，所謂非回鄉不足以治蓴鱸之思的理由，遂不免想，或竟只是這有著先見之明的識時務者，急流勇退的遁詞、藉口罷了。

表象的說詞底下，若另有事實的真相，那麼，瀨上剛之擁抱空心菜，我的地瓜葉之戀，是否也另有隱性的、更深層的原因呢？

換言之，「如果沒有空心菜……」之感性表述，是否只是瀨上剛，藉以傳達他戀戀難捨台灣的一種方式？潛意識深處，這在我們身邊隨處可見、日本卻吃不到的青蔬，正寄託著他對台灣的熱愛？是這將台灣視為生命第二故鄉的東瀛男子，一種強烈的情感投射？

至於我，十八歲以前，不曾吃過地瓜葉。

這或和我出自外省家庭、地瓜葉並未出現在父母烹調選項上有關。

十八歲那年，偶然之機緣，我到南台灣美濃鄉下的男友家裡作客。當他親自下田摘取一把碧葉，於廚房熱鍋爆香蒜瓣，炒出一團可口綠泥端至我眼前時——那一抹純淨的燦笑，就注定了我，此生，對這樸素野蔬天長地久的感情。

並且，也注定了我，與這地瓜葉的啟蒙者，此生，再也無可分割、隨歲月漸增而日益豐融深刻的一種知己情緣的開展。

既已成為熨貼生命的象徵、強烈的心理投射，地瓜葉之戀的祕密，不言可喻；與味覺無涉，但與記憶、情感、生命經驗，卻密切相關。

然後，當這一章地瓜葉之戀，延伸為餐桌上屢見其芳蹤的家庭飲食文化時，兩個小孩竟也都愛上這台灣獨有的常民吃食了。

只是，戀戀地瓜葉的兩位台灣客，如今都遠在英國求學。在那買得到泡麵、芝麻醬，甚至皮蛋、甜酒釀，卻絕對買不到地瓜葉的北國，台灣遊子對地瓜葉之懷想，遂成為一種鄉愁。

當國際新聞報導，暴風雪連日襲英，倫敦積雪逾十公分，多處交通為之中斷時，我的思念卻不曾中斷！

啊，雪線之南，太陽之東，望著窗外薄金冬陽，我不免癡癡地想——若世上有一種夢幻快捷，能將寄自故鄉、媽媽熱炒的綠泥，瞬間送抵彼冰封國度，去熨貼那正與艱難論文奮戰的遊子之心，該有多好？……

在回家的路上

家，是我們不看路牌不看門號就走進去的地方。

在回家的路上，握住口袋裡那曾使用過無數次的鑰匙，你心裡會想些什麼呢？散文家木心曾說，家，是我們「不看路牌不看門號就走進去的地方」。的確，永遠不需尋覓，從來不曾懷疑，當鑰匙在鎖孔轉動的咔嗒聲響起，這一天中所有疲倦、失意、不快樂的感覺，就像鞋子上的灰塵一樣，都留在門外了。

那是一種風浪過後，船舶靠岸的感覺。

是摘下面具、卸除防衛、還自家本來面目的輕鬆自在。

是誰如此頌讚？——回家就像度假！

在那座堅實的屋簷下，探索人生的我們，很容易就有了幸福的初體驗。

可以說，除某些例外，家，是我們在塵世間最感清寧舒適的一座港灣，是我們在滄桑歲月中最後、也最溫柔的一處庇護所。

所以，在回家的路上，往往，瀏覽了周遭或濃或淡的風景、隨想過一些重要或不重要的事，之後，我喜歡聚焦在兩個習慣性的思維上，繾綣不去——

要怎麼和家人共享我們珍貴的港灣時光？

要對他們說些什麼甜蜜、溫暖、有趣、建設性的言語呢？

而我所聽過家人之間如蜜糖般最馨甜可喜的言語，是有一回在家樂福大賣場，無意間瞥見一個三、四歲男孩，不知為何正緊抱住他母親大腿，仰起臉來，非常依戀、非常自然，但也非常正經地一字字吐出：

「瑪、麻——，妳是世界上，我最愛的美——女！」

盪氣迴腸的言語，震撼入耳，我先是微笑，繼則驚詫，再則欲泫，最後，則感到無比羨慕！因為那真是一個擁有何等豐盈無邪之愛、何等幸福的母親啊！我不免由衷祝福，當男孩二十歲時，還記得他曾對母親說過的這句話，並且，還能對母親保有這真摯美麗、無可取代的感情！

記得電影〈玩命關頭〉主角之一保羅．沃克，不久前以四十英年車禍身亡，他父親追憶愛兒，述及自己最深切的感受時，曾含淚說道：

「我很開心有跟他說過我愛他，而他也曾這樣告訴過我！」

如是想來，則甜蜜溫暖的言語、真情流露的擁抱、親切體貼的眼神……對家人而言，豈不是既不嫌早也永不嫌多的啊！

更何況世事多變，人生難料，而我是多麼希望，那「不看路牌不看門號就走進去的地方」，不只是一座可愛港灣、溫柔的庇護所，還更是一個充滿祝福、關懷、分享意識、正面情感──簡言之，一個充滿愛的能量──的地方。

於是，懷著對家人真摯美麗的感情，在回家的路上，握住口袋裡那曾使用過無數次的鑰匙，我遂也無數次地期許自己──

是這世界上，最能讓家人幸福感增值的一個耕耘者！

每個人生命中，都有一座親情山

「您在『愛』的這一部分，是否曾遇到難題呢？」

愛，是什麼呢？

有一次，墨西哥總統福克斯在演講時說了一個故事——

有位父親整修庭院時，打算把一座老舊的亭子拆掉。

讀小學的兒子要求父親等他放學回來後再進行，因為他想看工人怎麼拆亭子。

做父親的爽快答應了。

但孩子上學後不久，按照預定進度作業的工人就動手拆了亭子。孩子放學回家，非常失望，質問父親為何不信守承諾？

父親也認為自己一時大意，忘了叮囑工人，讓孩子有被忽略、甚至被欺騙的感覺。

但亭子已經拆了，能怎麼辦呢？

結果，這位父親竟請工人把亭子重新蓋起來，然後，再當著兒子的面，請他們把它拆掉。

「那個小孩——」

墨西哥總統說：

「就是我！」

……

讀到這關於愛的故事時，身為一名母親，曾陷入深思良久。因為若同樣的事發生在我身上，我自問，我會和那父親一樣，把拆掉的亭子蓋起來，再重新拆掉嗎？

這在愛中成長的孩子，後來成為勇於任事、深受擁戴、做出許多美好建樹的總統，並非偶然。

於是，所謂愛，我想，那父親所啟示我們的，便不只是全心的尊重而已，而是明確提醒了我們，所謂愛，更是啟動一個能量的磁場，讓我們深心擁抱之人，活出一場豐富而有意義的人生，成為一個為自己、也為這世界創造幸福的人！

只是，對天下所有父母而言，這又是何等艱鉅的挑戰？

記得曾有讀者問我：

「您在『愛』的這一部分，是否曾遇到難題呢？」

微笑以對的時刻，我忽想起李安在談到他第一次勇奪奧斯卡最佳導演獎的電影《斷背山》時，曾語重心長說：

「每個人心裡都有一座斷背山！」

斷背山，姑不論於現實人間，是否為一真實存在？但在李安這句話裡，卻是意涵豐富的象徵，而如借用這話加以延伸，來指陳一個生命的現實，那麼我們實亦可說：

「每個人生命中都有一座親情山！」

每個人生命中都有一座親情山！

這話可以有兩個層次的解讀。

第一個解讀是：親情恩重如山。

第二個解讀則是：在許多時候，親情亦如詩人吳晟〈負荷〉一詩所說那樣，是最甜蜜也最沉重的負荷——就像攀爬險峻高山，艱辛困難、汗水淋漓，是與歡喜愉悅、欣慰滿足，錯綜交織、同時存在的。

雖然世間每個人的親情山，海拔高度不同、緩陡坦險有異、景觀視野各殊，且登山者一路攀升的觀想、感受、體會，和遭逢的挑戰、考驗也大異其趣，但不論如何，那都是我們必須以勇氣和智慧面對的生命承擔！

很抱歉當時我沒有回答那位讀者的問題。

許多年過去了。

如今，在走過無數崎嶇難行的心路歷程、衝破無數次的淚水防線、累積無數滄桑的情感落塵，且對日文漢字「絆」（きずな）之深意思索再思索、玩味再玩味，之後，雖感慨在所難免，但值得感謝的是，我，仍是一個全心期待、知難而進、真情指數未曾下降的人。

如能再遇見那位讀者，微笑之外，我願如此坦誠以告——

在「愛」的這一部分，誰不曾遇到難題呢？

難題一定會有，但，就在困難最深最熾最煎熬與最刻骨銘心處，不被擊倒、未曾放棄的話，相信，我們便應能翻越痛苦的峰頂，抵達悲欣交集的彼岸！

據說，信念可以創造實相，且以此與妳真誠共勉，並彼此祝福！

我不在，花在！

這輩子在你們家，真好！

家裡養了十八年的貓「真好」，上週四夜裡平靜地離開這個世界了。從一隻年幼的街頭流浪貓，到成為我們家一份子，朝夕相處，共聚於一座溫暖有緣的屋簷下，「真好」，這獨一無二、福至心靈、許多人都說不像名字的名字，喚來親切，實不知蘊涵了多少我們對他的感情。

貓齡十八，相當於人一百零五歲，雖早有心理準備，死亡已在一旁潛伏，愛別離乃是必然，但當那最不願面對的時刻來臨，錯愕驚痛如閃電驟降，卻終還是五內翻攪，難以斷捨。

先生提醒我理性豁達面對，畢竟，善緣一場，復以貓瑞之姿，安詳無憾離去，若「真好」能說人語，當也要如此向主人告別：「這輩子在你們家，真好」吧！

我於是收拾無益悲緒，決定漂亮完成「真好」交付予我的「斷・捨・離」莊嚴功課，定靜處理後續送他最終一程的事宜。

和寵物安樂園聯繫結果，我們為「真好」安排了個別火化與樹葬。

那是淡水一個名叫「紅柿仔腳」的寧靜山區。「真好」的新家與終極歸宿，便在兩棵吉野櫻之間、一株高及人膝的松紅梅下。

松紅梅是一種開粉紫、瑩白或酒紅色小花的低矮植物，花語是「堅定、勝利、高升」，這實在完全符合「真好」生前爽朗、執著、認真、為保疆衛土經常奮不顧身衝出院牆驅趕野貓甚至野狗的勇者行徑。

我以「真好」生前使用的毛巾將他包覆，輕聲祝願來世再結善緣做朋友之後，把那曾經多麼熟悉但現在卻輕得不能再輕的軀體，放進焚化槽內，爐門緩緩關閉，熊熊烈火瞬即在那密閉空間轟然響起，攝氏八百度高溫洗禮下，半小時飛逝，爐門再啟，焚化槽內已是一小撮潔白骨灰。

那是「真好」，也是所有生命告別世間後，另一種存在的形式——無瑕無垢、雪淨純粹、赤裸坦誠！而這，難道就是「真好」以他的大體示現，想輕聲告訴我的嗎？——不必為死亡悲傷，因為死亡不是終結，而是另一種形式的存在……

那就讓「真好」以另一種美好自由的形式，繼續存在吧！我想。

只是這次，褪去軀殼，回歸自然，還諸天地，無色無相，曾經那麼熱愛自由的「真好」，從此應更海闊天空，無窒無礙了。

可愛挺拔的松紅梅下，將那曾與我們共度十八年親密時光的一位朋友放進淺穴，溫柔掩上新鮮棕紅的泥土時，凝視枝頭幾朵欣然盛綻的小紅花，若「真好」能說人語，我知道，他想對我說的必然是：

請微笑為我祝福！

我不在，花在！

一骷髏一菩提

用愛延緩死亡！

曾經，那是地獄使者的象徵，惡魔或詭異陰森祕教的圖騰，只出現在海盜旗上。與美麗無關。

絕對市場不正確。

但當天生反骨的設計家，以走鋼索式的試探，把這恐怖黑暗負面符號，化為摩登品牌標誌時，顛覆的年代、追求驚奇衝擊的二十一世紀裡，那充滿張力的駭世形象，竟成為一股橫掃全球、絕對市場正確的時尚流行。

驚世時尚中，每天，我們與街頭迎面而來的骷髏圖案相遇，發現它的傳統驚悚意義已被淡化，且被翻轉成親切好玩的形象。這是人類史上，象徵死亡的骷髏首次成為藝術暗示的時代！在那設計家的瘋狂創意裡，我讀出他的黑色幽默、頑童風格與死亡美學，並因思索這生命的終極命題而發現，原來，死亡就是——

抵達時間盡頭，太陽不再為你升起，一切歸零！斬釘截鐵，再無轉圜餘地。

而時間盡頭，啊，地老天荒，那真是多麼令人絕望、傷心的邊境！

為此，我常想起寫《命若琴弦》、壯年早逝的大陸作家史鐵生所說：

「死亡，是無論怎麼耽擱也不會錯過的事……要用愛延緩死亡！」

那是史鐵生，也是我的，生命美學與死亡美學。

在這美學教室裡，肉身青春散壞無蹤、僅徒留空洞窟窿的枯骸形象，是多麼雄辯有力、令人畏懼有加的嚴師與良師啊！

如果，一花一菩提，一葉一菩提，是以賞心悅目的歡愉姿顏，鼓動了我們生之熱情。

那麼，以椎心刺眼的骨骸面貌、盡頭符碼，嚴厲警示我們年光有限，切記！切記！一定要珍愛、掌握轉瞬即逝的此刻當下！——則於凝神諦視間，骷髏，又何嘗不是人間法相莊嚴、值得禮敬的菩提！

生命中更好的選擇

問他為什麼有這樣的改變？

這曾經玩世不恭的男子說：「因為我做了生命中更好的選擇！」

和一個闊別多年的朋友見面。

一改過去予人桀驁不馴、不羈的印象，這曾經綽號「情色王子」，有人諧音為「禽獸王子」的朋友，竟顯出非常謙遜誠懇低調的面貌。

彷彿跨越生命的亂流，來到碧蔭夾岸的清溪，我看見一個急湍似人物，內在的衝撞、混亂與激辯不再，卻忽然平寧安靜下來，開啟了一種溫和從容的人生。

問他為什麼有這樣的改變？

這曾經玩世不恭的男子，以令人不曾期望的虔敬回答：

「因為我做了生命中更好的選擇！」

他並且經常以「生命中更好的選擇」為題，在某些大學社團請他演講他向來拿手的情色議題時，主動要求更換成這題目，邀年輕朋友一起分享他這一路行來，曲折起伏、顛簸險阻的歷程——

「這比和他們談原來的主題有意義！」

他說，仍那麼謙和，且帶著令人難以置信的親切安詳：

「因為當人開始懂得為自己生命做更好的選擇，那麼，愛情、兩性，乃至人生各種問題，就都得到最適切的答案，不假外求了。」

生命的狂風暴雨後，回首向來蕭瑟處，他認為人最大的蔽障，就是自己；而真正能幫助人從灰黯狀態脫困的，其實也還是自己！

那麼，什麼是生命中更好的選擇呢？

我相信這自稱走過心靈幽谷、不再虛空迷失的人，一定有非常精采的陳述。雖然他所說「真正謙卑馴服安靜下來」的生命改變，令我驚訝好奇，但在由衷為他高興「找到更好的人生」後，我卻沒有，也不便再繼續追問下去。

（是後來我才聽說，他受洗了。）

誠如他那日所言，「生命中更好的選擇」這樣的問題，我們應該，也只能回到自己內在，誠懇叩問，才能結晶出屬於自己的獨門答案。

於是我不免想起，希臘聖哲蘇格拉底曾說，身為哲學家，他所終極關懷的是「人如何能過著良好的生活？」

這樣的思考，啟發了後來某些哲學家也亟欲尋找人生於世「最佳的生活之道」，並努力解答「何謂真正的幸福以及如何獲致這幸福？」的生命課題。

我相信，幸福，以及如何獲致幸福的關鍵，不在世俗價值標準和定義下的種種追求與條件，卻在——哦，感謝這位朋友所啟發我的——我們是否具有做「生命中更好選擇」的意願、自覺、能力，以及，最重要的——行動！

其實，人生就是一連串的選擇！

小至我們每天張開眼睛，選擇吃什麼早餐、以什麼心情面對這一天？乃至在感情世界裡，我們選擇與什麼樣的人攜手同行？在生命的場域，選擇什麼樣的態度、價值觀去鋪敘當下，開拓未來？

……

種種或大或小的選擇，都將，也必將微妙影響我們這一生的品質。

如果有更好的選擇，是的，如果有更好、更聰明、更幸福取向、對自己他人都更有意義的選擇，為什麼要延宕、觀望、拒絕呢？

生活中經常自問「什麼是更好的選擇」，是理性也是積極的一種生活態度。

當這樣的習慣養成，沒有理由不能相信，一個更可愛的人生，一場更美麗的愛情，一段更愉悅的歲月，便在生命轉角處等著我們！

行善的困惑

這尚未得到解答的難題，我最想請教的兩個人，是耶穌和聖嚴。

晚飯後，到金石堂書店閒逛。

在「文學新書區」內，偶然發現管理學大師彼得．杜拉克小說《行善的誘惑》。二〇〇五年去世的彼得．杜拉克是「現代管理學之父」，對組織經營管理有獨到創見，影響深遠。《行善的誘惑》是他探討人性管理的文學創作，令人好奇。

但我並未買下這本小說，因為家裡需優先閱讀的書還有許多。不過這別出心裁的書名，卻碰觸到我內心長久以來始終未解的一個鬱結，那便是——行善的困惑。

記得李家同教授曾說：

「小小地球上，富翁與乞丐並存是一件羞恥的事！」

為了避免這種「羞恥」，也因為我們從小所受的道德教育，更因為如孟子所說，

「惻隱之心，人皆有之」，因此，街頭如遇乞者，彎腰布施，把銅板紙鈔放進他們集錢容器內，是再自然不過的一件事。

但這事後來變成困惑，是因為幾年前，在菜場曾見肢障殘丐，於眾人腳邊爬動行乞，大感不忍間，正欲施捨，身旁朋友提醒我——如此殘肢斷臂的畸零人，何能自行前來市場？這是有心人利用殘丐博取同情，詐詐金錢——簡言之，清晨開車將他們定點安放，市集結束再逐一領回——若施捨，便助長了幕後操控集團卑劣可恥的行徑。

大感震驚沉痛之際，又在書上讀到，叔本華認為，施捨乞丐，「只是把他的痛苦延長到明天」，對行乞者整個人生的改善，是完全幫不上忙的！

於是，街頭再遇乞人，to give or not to give，便成了掙扎不已的難題。

關於這點，英國哲學家羅素主張從制度面改善。他曾說幫助乞丐根本之道，在「建立一個不讓任何人覺得有行乞必要的社會」。羅素認為，一個合理的人間，便是「不再有慈善」的世界，因為人人豐裕自足，不需別人施捨，所謂慈善，純屬多餘，而那當然也是烏托邦或大同理想的實現！

但在這之前，面對伸到我們眼前行乞的手，那麼卑微弱勢的祈求，我們究該如何做出最適切的回應呢？

這尚未得到解答的難題——行善的困惑——如果能夠，我最想請教的兩個人便是耶穌與聖嚴。

因為耶穌一生行走在窮人、乞丐間，他曾教導信眾「要愛你們的仇敵」。至於剛過世不久的聖嚴則說：「使別人快樂便是慈悲。」

那麼，如何愛我們遇見的乞丐？

如何使他們獲得真正的快樂？

換言之，如何給予幫助，才最有利於這些黯淡無依的邊緣人？才能真正使他們獲得尊嚴、自信與幸福？

以這兩位聖哲的悲憫智慧與大愛，如能向他們請益——常想，他們會怎麼回答我呢？

困惑，仍在歲月中持續。

我希望有一天，找到解惑的鑰匙。

今天是幸福日

我希望在此陽光明淨的暗示下，是微笑的快樂戰士與樸素的生活者。

張系國在其隨筆散文〈兩部好電影〉中曾提到，「台北附近可去的有趣地方不少」，例如，淡水的「有河書店」便是個「有點意思」的地方。

有一回，張系國說，他走訪此河畔書坊，正靜坐該店二樓陽台、一邊喝茶一邊欣賞遊人如織的碼頭時，由於書坊主人認出他，請他在店內留言，於是這位文思敏捷的作家略加思索，便以書店之名「有河」為首句，撰成工整精緻、耐人尋味的聯語如下：

有河　有船　有夢

無岸　無筏　無執

此聯語高妙處，是藉「有」「無」相互辯證，委婉說理，別具美感、哲思、意境外，更在簡潔乾淨中，拉出一個遼闊無邊、極富張力的思考空間。

為此，我曾把它抄錄在一本非常喜歡的札記本上，且基於好玩、自娛，又分別在這聯語後各加兩字而成了——

有河　有船　有夢　有書

無岸　無筏　無執　無我

那已是三年前的舊事了。

幾天前，偶然翻閱心愛的札記本，瀏覽至此聯語，不免心潮湧動，百感交集。

因為這三年來經歷了不少人事變故、生命滄桑以及歲月的摧折、考驗與挑戰，此刻望著窗外凝神的我，就某種程度言，已非三年前之故我。

當然，我仍在那無岸的生命之河上，駕一葉無筏無槳、我名之為「勇氣．信心號」的小船前進；也依然懷著昔日夢想，於每一個看似平靜無波、實則暗濤洶湧的日子裡，伴隨高度的不確定感，不肯服輸也不願被擊敗地，穩住自己穩住船，全力前進。

就奮鬥精神言，我仍是三年前的我！

但不能否認，隨著歲月數字不斷增加，在人生取捨上已做、也不得不做微調的我，畢竟，是有異於往日了，那四句聯語已不甚符合此刻心境。於是，沉思半晌後，在依然心愛的札記本上，我又把它改成如下的句子——

有河有船有夢，有書有愛，有喜有樂！
無岸無筏無執，無災無病，無憂無懼！

於是，這又回到最初——一、三兩句仍是張系國原文，至於那被引出來的後半段，則才是我自己真正的想法。當然，讀來過於白描且現實取向，相形之下實在不那麼空靈，但卻如實反映了人生此刻，我對生命的祝願與對幸福的詮釋。

我知道有一本散文集書題為《今天是幸福日》，有一首流行歌歌名叫〈幸福進行曲〉。若問我「今天是幸福日」該如何定義？「幸福進行曲」旋律又當如何？

那麼，上述「有書」到「無懼」的聯語，便是我最深刻真誠的回答。

是啊，時光滔滔，浪翻不可測銀波之際，懷著熱情與信念，面對每一個撲面湧來、不容閃躲也幾乎不容閃失的日子，我只深深希望，在此微風拂面、陽光明淨的自我暗示下，自己是綻放不凋微笑的快樂戰士，與樸素的生活者！所謂「幸福日」，不只是今天的情節，亦是明日的預言。

並且由衷祝盼，在每天都有著令人傷痛、流淚報導的這個人間世，那樂觀正向的期待，不只是我個人的生活內容，更是——

世上七十億人，每一個人的生命故事！

註：《今天是幸福日》為曾郁雯散文集名。〈幸福進行曲〉則是林強的歌，曾郁雯、陳明章作詞。

卷四／送禮物給地球

親愛的拿鐵

「我很乖，請妳，好心的，帶我回家……」

親愛的「拿鐵」和一隻雪色小狗關在籠子裡，正等待新主人以高價將牠買下帶回家。

今天，我曾兩度前去看牠。

由於牠毛色乳棕，令人想起「香草拿鐵」那濃縮咖啡和柔細奶泡的混合，所以我私下為牠取名「拿鐵」。

「拿鐵」是一隻紅貴賓狗，這是台灣目前銷售冠軍的名犬，身價雖高卻供不應求。但究竟為什麼會如此熱賣呢？我問店老闆。

是生意清淡的下午時分，前額微禿、在櫃檯前正獨自閒泡老人茶的老闆，話匣子一打開，信口道來，便是近幾年台灣寵物犬的一章迷你悲歡史。

原來，三年前，名模林志玲曾在走秀時和「植物の優」電視廣告中，抱著紅貴賓出現。這全身鬈毛茸茸、酷似泰迪熊娃娃的小狗，遂立刻引起注意。由於不掉毛、無體臭、乖巧聰明，在小型玩伴犬中智商最高，因此很快就形成一股飼養熱潮。其後，全台千餘家寵物店票選十大明星犬種時，更躍登第一名寶座，所以——

「現在都在繁殖紅貴賓啦！種公種母都很值錢，還有走私『進貨』的哦！」

而就在不久前——興奮述說的店老闆，忽歎惋起來——便曾有漁船在密艙中夾帶七籠紅貴賓，被海巡隊查獲。結果，為貫徹防疫，七籠紅貴賓全被撲殺，無一倖免。據說當這群小貴賓們，滴溜著靈活圓亮、純潔好奇的眼睛，無辜地望著執行「撲滅」任務的檢疫人員時，那幾名年輕工作者「手軟得差點殺不下去」！

「可惜攏總六十幾隻，市價快五百萬，夭壽喔！聽說還有一整籠是『茶杯貴賓』哩！……」

我請教老闆何謂「茶杯貴賓」？

老闆笑說「茶杯貴賓」，就是小到可以放進碗公或大茶杯裡的貴賓犬，約只兩公斤重，像絨毛玩具一樣，袖珍迷你，不過因數量稀少，奇貨可居，所以售價最高。

那麼「拿鐵」呢？

「拿鐵」是「茶杯貴賓」嗎？我問。

老闆說不是，但牠有日本血統證明，售價也不低。

我看著在籠中縮成一團，是因為害怕還是失去母體溫暖正抖得厲害的「拿鐵」，好奇探問這尚在襁褓中的小傢伙「身價」多少？

詳盡解說完畢，終談到價錢部分，店老闆顯然精神大振，老人茶也不喝了，逕從櫃檯後走出來，帶一抹興奮微笑告訴我，他賣「東西」向來比別家便宜，「拿鐵」本來要六萬，但若我有興趣——

「特價優惠，九折，再湊整數，五萬就好！……」

我看著命運未卜、正殷殷盼望愛牠的新主人出現的「拿鐵」，驚愕之餘，異常抱歉地覺得這是我不該拿出的錢。

因為生命無價！無辜的生命，可以、應該，如此討價還價、經由販售，達成交易嗎？而若真進行交易，像商品一樣買下「拿鐵」，是否便助長了幕後我們所看不見的、那不當且不人道的「繁殖工業」？

然後，當曾有過的熱情、新鮮感消失，始寵終棄，滿街喪家之犬，不值錢不起眼的土狗外，我所曾見過的——雪納瑞、米格魯、秋田、可努、西莎、拉不拉多、黃金獵犬，甚至哈士奇——哪一種不是曾引發熱賣風潮的名犬呢？

見我沉思不語，興致勃勃的老闆，續又熱心推薦和「拿鐵」同籠的雪色小狗：

「這隻『比熊』嘛是很好的玩伴犬，蔡依林也有帶這種狗上節目，很可能會流行哦！……」

我看著鐵籠上方張貼的彩色廣告介紹。發現「比熊犬」一詞由法文Bichon而來，原意為「可愛」或「小寶貝」。這種小型犬毛色純淨，最大特徵是俏麗蓬鬆的尾巴如一叢蘆花翹在背後。文藝復興時期它曾是宮廷貴婦寵物，西班牙畫家哥雅曾以之入畫，是非常活潑優雅的名種犬——

「怎樣？要不要考慮看看？……」

大概我在店裡待的時間太久，這裡那裡張望，一直提出問題，又在鐵籠前不斷端詳「拿鐵」，滿懷希望的店老闆或許從我身上看到了不錯的「商機」吧！

「哦，先考慮看看再說……」

我禮貌客套地回答，並走出這名叫「愛心無限」的寵物店，說不出是悲哀還是無奈，只再次回頭看了「拿鐵」一眼。

牠也正看著我。

潮濕的眼角，似有憂傷的淚水垂下。

而那祈求的眼神，則彷彿正對我說著：

「我不想待在這冷冰冰鐵籠裡！我很乖，請妳，好心的，帶我回家……」

再見，西莎！

一隻被棄的髒狗，在這城市，會有怎樣的命運呢？

春日結束前，一個薄涼黃昏，我在自由廣場練完半程馬拉松時遇見他。稱他，而不稱她，是因那隆起的肩胛、寬大的骨架，予人雄性的感覺。他，是一隻西莎流浪狗。

不同於有名的「西莎罐頭」上，那漂亮可愛的狗明星所予人的西莎印象——這頸間戴一只褪色項圈的流浪西莎，腰腹凹扁，長毛灰黃骯髒、糾結成絮，肩背有一塊暗褐潰爛；濕濡的嘴毛則因口涎浸染，一片鏽紅污漬……

我尾隨在他身後緩步，進行長跑後的肌肉放鬆。

只見他步履蹣跚，不時停下搔癢。百無聊賴過街後，轉進騎樓，復越過市場邊緣，踅入小巷，漫無目的間，又繞回原先騎樓。

由於是垂頭喪氣的髒狗，路人多側身閃避。出門放風的家犬，在主人狗鍊束縛下，撲將過來不成，也齜牙咧嘴朝他猛吠。不過，經過某洗車行，當西莎就著塑膠桶咕嚕咕嚕大口喝水時，那滿身油污的洗車工，倒很有興趣地微笑看著，沒有趕他。

我再次想起罐頭上，那惹人喜愛、吸睛無數的西莎明星。

他原也該如此神氣漂亮的，不是嗎？

尤其，在他故鄉——一個暱稱西莎為「西部寶貝」的地方——這寶貝，會遭人如此對待，落魄至此嗎？

西莎的故鄉，是遙遠的蘇格蘭高地，他的學名是「西高地白㹴」（West Highland white Terrier）。這種蘇格蘭㹴犬，據說是一種溫和聰明、服從性很強的狗。

由於我曾兩度前往蘇格蘭高地旅行，因此對這來自蘇格蘭的朋友，格外湧生好感與親切。

而高緯且瀕臨北海的蘇格蘭，記憶中，是一處廣布峽灣、丘陵與湖泊的地方。柔緩的矮坡上，終年有悠然吃草的綿羊、溫柔淡紫的石楠花，以及，冰河歲月留下的磊磊白石。火車行走於此廣漠乾淨、罕見人煙的北國大地時，天高雲遠，薄霧朦朧，我總幻覺有低吟的風笛聲隔山傳來。

那清寂夐遠之感，常令我想起高中上音樂課時曾非常喜愛的一首歌〈蘿蔓湖畔〉，那美麗的哀愁、高曠的情懷、悠揚的旋律，正是蘇格蘭民謠最令人低徊的特色！

若眼前這西莎，還在蘇格蘭，他美麗的故鄉——我不免想——該會多麼快樂地跑過滿山遍野的石楠花叢，在那寧靜蒼綠的大地上放肆奔縱，就像一隻真正高原上的狗、倍受寵愛的「寶貝」！

但如今流落異域，在亞熱帶地狹人稠的島上遭無情拋棄，失鄉失寵、無水無糧之外，捕犬大隊的亡命追索，還正在暗處埋伏！除非善心人士帶回，失鄉失寵最後，失蹤之終局，可以想見，更在不遠的時間前方眈眈等候！

而我，雖自許為善心人士，卻無能加以認養，解除他可見的痛苦與危險——如此「見死不救」，那麼，所謂「善心」一詞——我自問，又當如何定義？

薄暮時分，天色漸暗，由於與朋友約定見面時間將至，我不再尾隨西莎流浪路線，逕轉至捷運站出口，和朋友會合。

我告訴朋友西莎之事。

且想起西莎前額飄下的幾綹長毛，所微微遮住的眼睛。那失神失望、卻充滿靈性的雙眼，一路覓索，似正在這廣大世界上，尋找一樣東西。

非常非常重要的東西！

除了這東西，整個世界都不存在，也無關緊要！

我問朋友，那會是什麼呢？

朋友不假思索回答：

「當然是他主人啊！他在找他主人！而且一定還很擔心著急，主人怎麼不見了？會不會有危險？我要趕快找到主人保護他！……」

唉，是的，這不知何謂拋棄、出賣、欺騙，卻還一心牽掛著拋棄、欺騙了他的主人的忠誠者啊！

當主人帶他上車，他興高采烈且完全信任地聽命，終來到一個陌生城市、從不曾到過的地方後，車門打開，主人用力將他往外一推，引擎啟動，絕塵離去，獨留下茫茫然不知發生了什麼事的孤犬——據說，這便是許多流浪狗的由來。

思索著朋友所說這令人心痛的回答，陪他走進路旁OK便利商店買晚報時，迎面一列狗罐頭恰在架上美味紛陳——

野菜豬排、普羅旺斯春雞、鮮蔬起士牛肉、花椰馬鈴薯羊排、義大利肝醬小牛肉……

若再看見那西莎——我阿Q地想——不能帶他回家，至少，請他吃一客罐頭，也算我這不合格的「善心人士」，一種溫暖的傳達吧！

走出便利商店時，街燈正逐一亮起。

無數行人擦肩而過，但那孤獨落寞的身影卻早不知去向。

一隻被棄的髒狗，在這華燈初上的城市，會有怎樣的命運呢？

但願噩夢過後，傷心疲倦的西莎，能幸運遇見，愛他直至終老的新主人；並且每晚，都夢到自己在故鄉美麗遼闊的蘇格蘭高地上，揚尾奔馳！

……

再見了，西莎！

我愛泰迪熊

對我而言，泰迪熊不是玩偶，而是一種象徵。

臥室床頭櫃上，擺著兩隻米棕色毛茸茸小泰迪熊，是我常深情凝視的心愛之物。在我這年齡還喜歡泰迪熊，許多人都要覺得「幼稚」吧！

但我所以喜愛泰迪，除了它充滿童趣的形象，屢屢召回我失落的童心外，更因為這超「萌」小熊的背後，蘊含著一個令我歡喜讚歎的故事。

其實，泰迪（Teddy），原是上世紀美國總統老羅斯福小名。據說，一九〇二年，羅斯福在密西西比秋季狩獵中，因毫無斬獲，隨扈們覺得空手而返，有失總統顏面，遂把他們在森林中捕捉到的一隻出生不久的小熊，綁在樹上，請羅斯福開槍射擊。

但羅斯福斷然予以拒絕了！

因為這不只是一種作弊的行為，更因為油然而生的惻隱之心，使他無論如何也無法對這可能尚未斷奶的嬰兒熊下手！他寧可讓人嘲諷他是差勁的獵人，也不願因虛榮的英雄主義作祟，犧牲一個無辜幼弱的生命。

不久後，《華盛頓郵報》刊登了一幅以這故事為主題的漫畫；一位在紐約布魯克林區賣水果的俄裔移民蘿絲，更根據這故事，製作了兩隻絨毛熊在店內展示，據說這便是世上第一對泰迪熊。

由於深受歡迎，更經由專家設計、量產，如今，這可愛小熊已成為跨國界、跨種族、甚至跨文化與跨性別的一種玩偶了。

但對我而言，泰迪熊不是玩偶，而是一種象徵，象徵人道主義、慈悲、憐憫、不忍與——愛。

當這世界充斥殺戮與流血，令人傷心失望時，泰迪熊卻令人想起人性中這些可貴的特質，而彷彿看見希望之光。

因為這希望之光，是的，我愛泰迪熊！

小蟹，加油！

讓貝殼留在海岸！

朋友從綠島和墾丁度假回來，讓我欣賞他以手機所拍壯闊蔚藍的海天風景。讚歎不已中，鏡頭轉至沙灘，米白細沙上，竟出現了一個快速移動的舒跑瓶蓋。

大惑不解地請朋友釋疑，朋友說：

「這在當地海邊很常見·ㄟ，還有會走路的小酒杯、燈泡頭、底片盒，和洗衣精瓶蓋呢！」

果然，他又從手機中陸續顯影了這些奇怪的景象，然後用一種詭異的表情看著我說：

「這都是寄居蟹的『家』！想不到吧？」

真的想不到！

見我甚為震驚、困惑，朋友隨即解釋——由於寄居蟹身體有特殊氣味，為免吸引天敵，都寄住在廢棄貝殼中，但因墾丁、綠島海邊貝殼被遊客撿拾殆盡，找不到棲身寶「貝」的寄居蟹為求生存，只好從海濱垃圾中尋找代替品，於是便出現了它們寄居在人類廢棄物中的現象——

「聽說還有背著牙膏蓋、沖天炮殼，滿地趴趴走的寄居蟹哩！」朋友補充。

我想像那無殼可居、勉強以人類垃圾湊合著住的景象，何等滑稽荒謬辛酸！而又是怎樣無心或毫無節制地濫取，竟造成無貝殼的海灘，讓寄居蟹淪為沙灘難民？

但即使有貝殼可棲，朋友繼續告訴我，那些寄居蟹也很悲慘！因為牠們常被捕來路邊販賣，讓遊客買回家「養著玩」，然而寄居蟹若離開海岸，「只有死路一條」，於是台灣寄居蟹明顯銳減，而牠們瀕臨絕滅的處境，很不幸地，也悄悄敲起了海邊生態的警鐘……

話題至此，也許覺得久別重聚，不該盡繞著這些不開心之事打轉吧！於是朋友轉而說起在綠島民宿發生的趣事。

但我打開他的手機，再次凝視那頂著舒跑瓶蓋、沙上惶恐疾走的棕色小蟹，再次想像牠的委屈、無奈與不可測知的族群命運，除默默為牠加油外，忍不住在心底如此祈祝——

讓貝殼留在海岸！

讓寄居蟹都有理想的「房子」可住！

讓牠們在海邊快樂競走，不要被囚禁在人類客廳吧！

後記：這篇短文寫完後不久，看到一則報導——一位旅居日本神奈川三浦半島的台籍女孩，因聽說台灣濱海貝殼被遊客撿光，寄居蟹找不到家，只好住進瓶蓋、水龍頭帽等垃圾，心生不忍，遂向朋友、同學、鄰居等收集了數百枚吃空的貝殼，跨海寄至台灣有關單位，希望可憐的寄居蟹「住者有其屋」！——溫馨慈悲若此，令人感動，是為記。

夏威夷的人氣料理

「如果在夏威夷，這會成為人氣料理喔！」女孩說。

「一定的！」我熱情附和。

一直很難忘記那心地善良的女孩。

尤難忘記她以慧心巧手烹調的鮮蔬小品「春雨花園」。

這道小品佳餚靈感，來自女孩在電視上所見「傳統高檔美食」節目中的烹飪介紹——

以魚翅為主角，搭配鮑魚、土雞、干貝、蹄筋、火腿、竹笙、枸杞、人蔘等，小火慢燉八小時，讓魚翅飽吸諸物精華、彷若瑩亮的密齒髮梳後，再大朵大朵鋪排於描花瓷盤中，號稱「益氣補虛極品」。

魚翅，其實便是鯊魚的鰭。

而就在「傳統高檔美食」播出前不久，女孩方從報上看到一張香港漁民曝曬鯊鰭的照片。那密密麻麻如恆河沙數般鋪天蓋地、觸目皆鰭的景觀，甚是駭人！那則報導並且引述聯合國統計說，因華人愛吃魚翅，市場需求廣大，全球每年捕殺上億，已導致鯊魚數量驟減，成為瀕絕物種。

由於女孩曾聽說，獵鯊者取翅，都是捕捉活鯊、割下鰭翼，把血淋淋殘鯊丟回海中，任牠們痛苦死亡，而大量捕鯊，衝擊海洋生態，已導致某些國家和地區，例如夏威夷，開始全面禁止魚翅，所以——

「高檔美食的背後，一點也不高檔、美麗好不好！」

女孩很不以為然，且更明白表示傳統進補文化裡，很多殘忍不合時宜的做法都該修正、拋棄了。

「其實，魚翅營養從別的食物也可以得到啊！倒是我聽說因為工業廢水污染，在海洋生物鏈頂端的鯊魚含重金屬水銀，吃魚翅反有害健康哩！」

我很驚訝女孩對這課題了解竟如此深入！而她大概也真希望能改良「傳統高檔美食」，不願落入「只會批評，沒有實際行動」之譏吧！

於是，手巧心細的她嘗試以形貌、口感近似魚翅的粉絲，搭配切細的豆皮、馬鈴薯等略加調味，並撒上橙、紅、黃、綠彩椒粒和青花菜、紫山藥碎屑，做了道營養與視覺美感兼具的佳餚，取名「春雨花園」——

「因為日文『粉絲』的漢字寫成『春雨』，我滿喜歡春雨這意象的！」

女孩解釋，且幽默地對我說：

「如果在夏威夷，這會成為人氣料理喔！」

「一定的！」

我也熱情附和。

——這已是兩年前的往事了。

如今女孩在英國劍橋求學，我想，我懷念她，不是沒有道理的。

因為透過「春雨花園」，我不僅看見一顆青春美麗的心，更看見年輕世代，在人道思維、環境生態和傳統文化的考量取捨中，所做溫暖動人的選擇！

註：夏威夷州政府自二〇一〇年七月立法禁止魚翅。這是美國第一個全面禁止魚翅的州，違者最高可處一萬五千美金罰鍰並坐牢。

當妳像一頭熊快樂地活著

請妳一定要奮力越過死亡線，活下來！

親愛的月熊：

聽說奄奄一息的妳被送到救護中心時，圓眼睛裡汪著清亮的淚，當獸醫為妳清洗縫合傷口後，疲倦的妳沉沉睡去，現正與死神拔河中！

我知道妳曾在「活熊取膽場」受苦至深，如今終獲自由，親愛的月熊啊，請妳一定要努力、努力——戰勝死神活下來！

過去那悲慘的十年，據說，妳一直被囚禁在高僅五十公分、無法轉身的牢籠內，每天固定兩次，在無麻醉情況下，膽囊被插入導管，遭人抽取墨綠黏稠的膽汁，傷口從不曾癒合，也從不曾吃飽或暢飲足夠的水，只因「活熊取膽場」主人說，飢餓口渴會讓妳分泌更多膽汁！而為防止妳扯下導管或不堪痛苦自戕，妳不但被拔除利爪，且被套上如刑具般，固定肋骨、抵住喉頭的鐵背心！當十年令人心碎、髮指的歲月結束，散發腐臭氣味的背心，如第二層皮膚般自妳身上取下，生鏽的鐵片上，啊，沾滿了令人不忍目視的——妳的毛髮、糞便與血跡！……

然而，親愛的月熊，請聽我說，這些最不堪最痛苦的噩夢，都已成過去，妳已被那企圖「終結三千年熊膽入藥歷史」的動物保護組織救出，不會再受苦了。

窗外草地上，妳看！

懸掛在高大橡樹上的木塊已塗滿蜂蜜，芬芳的蘋果就擺在樹杈間，等待你們自由取食；妳的同伴正在寬闊碧綠的草地上開心打滾、搔癢、晃著肉嘟嘟屁股跑來跑去！雖然，和妳同時被救出的兄弟姊妹，有些在手術檯上死去，有些情況太壞，不得不安樂死，且都已葬在森林墓園，但親愛的月熊，寄託無數愛妳之人救贖盼望的寶貝啊，請妳，請妳無論如何，一定要奮力越過死亡線，活下來！

當妳像一頭熊真正快樂自由地活著，總有一天，親愛的月熊，我要親自來看妳，請妳吃蜂蜜，甚至負擔妳此生所有蜂蜜的費用！

——我們講好了喔！

親愛的月熊，到時候妳不可以失約喔！

明月物語

或許，這才是真正的圓滿中秋吧！

當恬淨爽適的微風送走酷夏，月曆上節氣已是「白露」，顯示仲秋將至時，一位讀國中的孩子問我，中秋賞月的由來是什麼？

去查了一下書，發現這傳承不歇的愛月之舉，兩千年前周朝就開始了，不過當時是國家禮制，由天子在清麗明朗的秋夜，登壇祭月。

但這一份對明月的愛戀、對「圓滿」的境界嚮往與心理投射，畢竟是一種普世情懷，人同此心，心同此理，於是，大唐盛世，清麗明朗的月圓之夜，仲秋，乃被約定俗成為世人與月相親、寄託祝福、懷想遠方親友的美好節日。

中秋賞月，其實，便是華夏民族浪漫的明月祭！

把這「明月物語」告訴國中少年時，這新新人類卻驚訝地說：

「哇塞，不烤肉也能過中秋噢?!」

然而，由於碳烤油煙總令他嗆咳落淚，「一直塗烤肉醬也很麻煩」，因此這中秋例行活動，少年說，近一兩年來他已漸失興趣！……

我不知燻煙嗆人感受如何？但記得科學家常提醒燒烤料理易生致癌物質，所排放氣體也是溫室效應元凶，要種很多樹才能抵銷，那麼，所謂烤肉中秋，是否，讓我們離典雅浪漫的明月情懷，和低碳島嶼的目標都更遠了呢？

我想起一個熱愛馬拉松的朋友，打算在今年這清麗明朗之夜，穿上反光運動衣來個中秋夜跑；另一朋友則打算找出歷來詠月詩細品一番；至於我，則想和知己於河畔小徑散步清談，在銀月輝光下，祝福我所愛的人與這世界，就像那打算夜跑朋友說的：

「過一個健康、創意中秋，寫下難忘的明月之夜的故事！」

而這，我想，或許才是真正的圓滿中秋吧！

牛肉男孩的蔬果週記

我祝福他早日追到那喜歡的女孩！

認識一個「無肉不歡，一天不吃肉就不對勁」的高中男孩。

男孩曾說，他喜歡台北的一個原因是——因為這城市每年都辦「牛肉麵節」活動，且正朝「世界牛肉麵之都」的目標邁進！

那天，偶然遇見「牛肉男孩」時，他已是很「潮」的大學生了。談起校園生活，男孩告訴我，他加入了學校的「漢堡社」。

「那還用說！」

我心想，但也不免好奇，現在大學裡居然有這種社團！

大概看出我的心思，男孩立刻笑著解釋：

「不是那個『漢堡』，是『和我們一起環保』的『和保社』啦！」

男孩說，因為他喜歡的女孩是「和保社」成員，他為追她而加入社團，甚至還開始了「週一無肉」的飲食生活！

我忍不住笑起來，愛情的力量可真大啊！但轉念一想，這世界若因此而減少了一點肉類的消費，不也是美事一樁？

畢竟，氣候學家常說「肉是環境的謀殺者」，是全球暖化最大的元凶，因為肉類產業製造大量溫室氣體，這些氣體如厚毯般裹住地球，導致溫度飆高，結果，氣候變遷、北極冰融、海平面上升……各種問題都來了，所以科學家才提出「每週至少一天不吃肉」的呼籲。這呼籲的理論基礎是——假設全球人人如此，就可減少七分之一溫室氣體排放，對減緩暖化很有幫助，因為一天恰是一週的七分之一。只是，我問「一天不吃肉就不對勁」的男孩：

「會不會覺得有點犧牲？」

戲稱「現在是以蔬果寫週記」的男孩說，為了女孩他什麼都願意做，而真正「週一無肉」後，發現素食其實還滿好吃的——

「不算犧牲啦！」

他爽朗回答，充滿了愉悅。

於是，注視眼前這以愛之名為自己生命啟動了一個微革命的男孩，我除祝福他早日追到那喜歡的女孩外，心想，今後是再也不能叫他「牛肉男孩」了。

註：「和保社」是輔大校園社團。

減法美學

選擇減法，常是選擇一種快樂的生活法。

喜歡定期檢視外出的背包、手提袋。

除紙、筆、眼鏡、水壺、手帕、衛生紙等「基本配備」外，常提醒自己不可或忘的必備之物，是摺疊成豆腐乾大小的塑膠袋，因為不希望購物時，使用店家提供的新塑膠袋。

並無反塑情結，倒覺得塑膠袋其實是人類社會一個值得讚美的發明——成本低、售價廉、輕便防水耐用，就全球現代人日常生活而言，堪稱「不可一日無此君」！但這方便之袋卻存在著一個非常棘手的課題——千年不朽、無法分解，焚燒會產生世紀之毒戴奧辛。

為此，有心人乃利用玉米、小麥、馬鈴薯等澱粉和纖維，研製出可自然分解塑膠袋，克服了污染難題，功在人間，也功在地球。

然而，若以台灣每年用掉約兩百億個塑膠袋，日本每年用掉約三百億個，大陸每天用掉約三十億個塑膠袋……的現況來看，那麼，即令所使用的都是可分解塑膠袋，如此天文數字，終還是存在著過度消耗的問題。

於是在塑膠袋使用這事上，我終於開始認知到個人自我節制的必要！其結果，自便是在所有外出背包、提袋裡，都放進足夠的自備袋，希望能為減少上述可驚的天文數字略盡微塵之力。

其實，生活可以有很多選擇。

選擇減法，常是選擇一種快樂的生活法。

就像企圖減少塑膠袋漫無節制增加，如此微小瑣碎卻有意義的事，日日奉行，久之，便成為一種生活美學、減法美學，倍感踏實愉悅。

如果多種樹、多回收是加法美學，那麼在資源消耗這事上，我期許自己是一個——高度運用減法美學精神，且樂在其中的人。

象糞手札

那是一個怎樣充滿童心的象糞達人？一個怎樣異想天開、幽默有趣的廢物利用者？

那是我所擁有最特殊的一本札記簿。

象糞手札。

再生紙材質，以木柵動物園象糞為原料，手工細膩裁製而成。

一本札記簿，既是不忍砍樹的故事，也是莊子「道在屎溺」的美好詮釋、精采演義。棘手的污染處理課題，至此，竟轉化成可喜的回收利用美學，與人間藝術。

那是一種怎樣積極活潑的創意？一顆溫柔愛樹的心？

或說，是一個怎樣充滿童心的象糞達人？一個怎樣異想天開、幽默有趣的廢物利用者？在一齣真正去蕪存菁的大戲裡，讓象糞豐富的植物纖維，脫胎換骨，化為稠糊糊紙漿，且終凝定成千變萬化、引人微笑的淡彩紙張！

當愛與創意相遇，廢棄物昇華為藝術品的人間喜劇，是不是，乃理所當然，終將創生？

於是，就在象糞紙簡單素樸的多層次裡，我探觸到一份真正關切人世的深情，一種充滿善意的遊戲精神與環保美學，獲致溫暖的共鳴與感動。

當激進的自然保育人士宣稱「為了拯救地球，必須消滅人類」時，曾經，我深感失落；而夜色掩至的年代，當舉世滔滔、混亂不安、似乎任誰都無法改變現況時，我亦曾對世界未來感到悲觀。

但悲觀失望同時，卻總也能發現一些行動者、夢想家——例如我所不識的象糞達人，在我所不知的紅塵角落，正安靜地以建設性作為，為這世界注入正面能量，啟動健康的反思。

發現這些安靜的無名者，正如發現夜空細碎晶燦的星光，愉悅、感奮之餘，更多安靜發光的星，我想，將被呼喚出來吧！

記得美國猶太裔哲學家漢娜·鄂蘭曾說：

「最終能帶來拯救的，是作家、詩人，和講故事的人。」

象糞達人也許不寫詩，但卻有一顆詩人的心。

他以溫柔行動在歲月中寫詩，不以文字在紙上寫。

愛的行動其實便是，詩。

把如詩之手札湊近鼻尖，張開肺葉，深深，深呼吸，所謂象糞，呵，原來竟是——

濃縮著素淨草香的一種存在！

想起美國前總統柯林頓一句話：

I still believe in a place called Hope.（我仍然相信一個叫希望的地方）

夜色掩至的年代，那就不妨活成相互照明、取暖、呼應、輝閃的星群，一同盼望可能再升的麗日吧！

星光在，希望便在。

最美麗的搖籃曲

只有人會產生廢棄物！

有一件很喜歡的運動衫，以咖啡紗為原料製成。

當初在店裡所以特別挑選它，是因為「咖啡紗」三字吸引了我的緣故。

其實我不愛咖啡。

咖啡紗所以吸引我，是因為它是廢棄的咖啡渣經由去雜質、奈米化處理製成，充分實踐了零垃圾與循環再利用的原則；因此，姑不論廠商標榜這種運動衫如何排汗、快乾、除臭、防紫外線，每次穿起它都令我倍感愉快，主要還是在於它是對地球友善的產品之故。

由咖啡紗，我常想起一本耐人尋味的書《從搖籃到搖籃》。

這本書的中心思想是——人類生產的物品在使用後變成廢物，送到垃圾場、焚化爐處理掉，是一個「從搖籃到墳墓」的歷程；但如果不把它們送進垃圾場，而是轉化成資源再利用，讓產品的生命週期結束後，又重新開始另一個新的生命週期，這就是「從搖籃到搖籃」！

如此理念，作者說，來自他觀察一棵櫻桃樹——滿樹繁花凋落、重回土壤成為養分、培育出新生花朵和果實的現象，讓他體悟到在大自然裡沒有垃圾、廢棄物和所謂「一次性使用」之事。萬物都在循環利用，生生不息，永續不絕，只有人會產生廢棄物！於是，以大自然為師，「從搖籃到搖籃」這強調循環利用、零垃圾、零污染、零浪費的綠色概念便萌芽了。

據說，現在全球每天有二十億人喝咖啡，每天生產四萬公噸咖啡渣，若都提煉成咖啡紗，想想看，可減少多少垃圾堆積和資源浪費？所以——

把咖啡渣製成運動衫！

把墳墓的結局轉化為快樂可喜的新生！

——所謂從搖籃到搖籃，想來，哎，真是世上最美麗的「搖籃曲」啊！

註：《從搖籃到搖籃》一書作者為威廉．麥唐諾（William McDonough）和麥克．布朗嘉（Michael Braungart）。前者為美國維吉尼亞大學建築學院院長，後者為德國呂內堡大學化學教授。

我步行，故我在！

我發願——成為那十億人中的一個！

送禮物給家人、朋友時，常喜歡挑選可愛、實用、有意義的物品相贈，例如——書、杯子、開花的小盆景等。

最近，送了一個計步器給兒子。

這掛在腰間、計算步數的迷你計測器，是我新認定的可愛有意義的貼心小禮物。因為贈人以計步器，便意謂著你邀請對方，展開一種經常步行的健康生活方式；而這世上，有什麼心意，是比祝福別人健康更美麗的呢？

由計步器，我常想起一個很有個性的步行達人——美國加州柏克萊市長貝茲（Tom Bates）。

因為貝茲每天從市長官邸到市府上班，不是搭公車就是花十八分鐘步行前往，平常也盡可能步行到他要去的地方；而為貫徹步行決心，貝茲甚至賣掉使用多年的Volvo愛車，買了計步器，每天走萬步以上，並在如此做的第一年，累積了約五百萬步的輝煌數字！

對車癡貝茲而言，放棄愛車其實並不容易，因為他熱愛速度的快感、御風而行的自由，更愛打開車頂篷蓋，聆聽貝多芬一路暢意奔馳！但為了節能減碳，這深情車癡卻義無反顧選擇成為一個公車族、步行者，每天，在那濱海城市柏克萊，以瀟灑健步之身影，詮釋著「我步行，故我在」的精義。

關於節能減碳，貝茲的哲學是：

「一個人的行動能改變什麼嗎？恐怕不能！但全球七十億人只要有十億人採取行動，就不一樣了！」

其實，我亦是計步器的熱愛者。

當足音如鼓點輕敲地面，這有意識的、基於愛的步行選擇，便啟動了一種新思維與新生活。

與貝茲一樣，除決定終生和計步器維持親密關係外，我亦發願——

成為那十億人中的一個！

送禮物給地球

送禮物給地球，其實，就是送禮物給我們人類自己！

仲夏時節，金晃晃麗日把每一片樹葉，都映照得比其他季節更翠綠釉亮時，我為女兒挑選了一樣特別的生日禮物。

懷抱著那美好禮物回家，我想到自己在過往歲月中，由於種種值得歡喜的原因和名目，曾為家人、朋友、學生，甚至自己，送出各式禮物。禮物的意義，在我，遂是一種愛與祝福的表徵，是向那個我所在乎、關懷的對象，明確表示我重視他、愛他、希望他愉快幸福的意思。

但，如果所在乎、關懷的對象不是人，卻是地球的話——走在盛夏陽光裡，忽然，我有些跳tone地想——那麼，我還會，或還能，送禮物給這龐巨無比的對象嗎？

若能肯定回答「會」與「能」，將是多麼快樂的事！

而身為人類社會一份子，對於這特別的對象，我想，我所能送的最美好的禮物，便是竭盡所能，不要成為一個傷害「她」的力量！

便是在每一天生活中，都心存——與所有人、所有生命「共享地球」的善念！

記得科學家曾說：「數量過多、有高智慧的人類，正是地球的加害者！」

所以，如果全球七十億人都送禮物給地球，這被科學家認為前景堪慮的星球，會比現在健康、可愛吧！

送禮物給地球，說穿了，其實，就是送禮物給我們人類自己！

那將是我們此生所送最有意義的禮物！

而所謂「共享地球」，豈不也是我們與人共享美好事物的最高境界？

我決定把如是思維告訴女兒。

這福至心靈的想法——陽光下我微笑起來——應也是我送給她的另一美好的生日禮物吧！

附錄

愛與失望——朱西寧印象

＊小說家朱西寧先生於一九九八年離世，本訪問記寫於一九八三年，套一句余光中先生的話來說，實為「出土文物」。昔日少作，青澀難免，收編於此，謹藉以向一位我所仰慕的前輩作家致敬。

才緩緩走上那斜坡，左側山上的密密相思林，便不斷在風裡搖擺，掀起陣陣如浪潮沖刷岩壁的聲音；粉粉細細的黃花則如波間浮沉碎金，閃爍於鬱鬱菁菁的碧葉中。

在這樣一個遠離市聲的地方，小說家朱西寧傾聽滿山相思澎湃，和自己內心起伏迴盪的節奏，已獨在案前度過筆端風起雲湧的無數晨昏，完成了六部長篇小說和二十多種短篇小說集的創作了。

凡讀過朱西寧作品的人，都必覺得他對人間的苦難、愚昧、傷痛和無知，總出以悲憫觀照。但身經抗日剿匪等國族傷痕，這跋涉過慘痛戰爭歲月的小說家，為何從不曾悲情控訴、憤怒吶喊，卻反在作品裡充注了許多愛與包容呢？西諺有云：

「一個人活到四十歲，若還不曾對人類感到失望的話，就表示他不曾愛過這世界！」

對於這充滿苦澀意味的名言，我很好奇，朱西寧，這走過烽火動亂、閱歷豐富、勤懇創作、被視為當代台灣文壇極富代表性的小說家，會有什麼看法？

晨光中，一頭華髮的朱西寧面露莞爾，那平靜的微笑裡，有非常廣大的和平，他以端凝的表情告訴我：

「失望的產生，是因為我們要求世界如我們期望的緣故，如果愛一定要得到回應，這樣的付出，本身便有問題。關於愛與失望，我個人認為，如果人能盡其在我地生活，只求內省，不冀望回報，以這樣的態度對待宇宙和人世，便能獲得心靈的平靜。至於戰爭……」

沉吟片刻，朱西寧把十指交合，放在胸前感慨地說：

「其實，不論對侵略或被侵略的一方來說，戰爭都一樣殘酷，人間不能免除這樣的悲劇，是最不幸之事！」

「過去，我的青少年時代，當戰爭進行得最熾熱悲慘的時候，西方宗教裡那永不灰心喪氣失望的情操，曾在我心中產生一股強大力量，幫助我超越了心靈上的苦難，所以可以說，顛沛流離的生活，對我是一種毀滅，也是一種造就！」

朱西寧是虔誠基督徒，在傳統思想和西方宗教這兩種不同文化滋潤裡，他曾汲取充分的營養，獲致完美的調和。他認為信仰對於他的寫作，不但不曾形成束縛，反而是一種釋放，因為——

「創作便是創造之意，而依自己形象造人的上帝，所顯示的特色就是創造，所以就一個信奉者而言，寫作這種饒富創造性的工作，其實就是對上帝的一種榮耀！」

本諸如此信念和對小說藝術的熱愛，朱西寧自公職退休後，便開始了專業寫作生涯。他自稱退休之前的小說，都在生活夾縫中完成，常常，下班回家、吃過晚飯便埋首桌間創作，直至深夜。雖頗為辛苦，但非常踏實，因此他很珍視那個時期的作品。

目前，朱西寧每天都在固定時段寫作，視為生活的必需與享受，「一天不寫就有悵然若失之感」，即使大年初一也不例外——

「大年初一，更不能減少享受，對不對？」他笑著說。

朱西寧並且強調，藝術創造絕不是「痛苦」的工作，雖然他並不否認，自己在創作過程中曾遭逢不少困難與瓶頸。

「但不能把那種感覺解釋為痛苦，若真痛苦，那麼可以不寫。」

朱西寧笑說他寫作的習慣是：

「寫這篇小說時，腦子裡想的卻是下一篇，因為這篇已在寫上一篇時想過了。」

他曾有過同時進行長、短篇小說寫作的紀錄，不過朱西寧認為，長篇小說須不間斷地一直寫下去，氣勢才能直貫到底，若中途停頓了幾天，往往就得從頭再看再想才接續得上。

「中斷，是寫長篇小說的大忌，最具破壞性的影響！」他斬釘截鐵地說。

另外，在正式開筆寫長篇小說前，朱西寧也不採預先設計大綱的方式，因為——「設計，對獨立的事物而言或有其必要，但對長篇小說來說，事前的主觀設定，常會阻礙故事活潑的自然發展，文章還是要『天成』才好，所謂天成——」

他意謂深長地說：

「就是順乎自然。」

因此一部長篇小說題材，必在他心中完全醞釀成熟，才正式展開紙上作業，而做為一個嚴謹負責的小說家，朱西寧堅持，必待作品全部完成後才在報章雜誌上發表，絕不一面書寫一面連載。

在創作上，朱西寧坦承深受老舍影響，他推崇老舍是第一個在白話文運動中獲得解放的作家。

「老舍的《駱駝祥子》、《趙子曰》等，把拉洋車的人和吃喝嫖賭的大學生寫得那樣生動！從老舍開始，我才領悟，小說的創作面向是非常豐富且多樣式的。」

除五四時代作品外，朱西寧非常喜愛中國古典小說之經典作如三國、西遊、水滸、紅樓等，認為這些書都可享受一生。

曾有人說，中國是一個沒有兒童文學、少年文學的民族，但朱西寧以為這樣的批評不正確。因為中國孩子，幾乎都在祖母或母親懷抱中成長，當夏日乘涼、冬夜圍爐之際，老一輩的人娓娓述說傳統小說故事，兒童便已在接觸文學，等到有了識字能力，再閱讀原著，親切熟悉之餘，往往有更精細深刻的體會。

「所以，中國兒童文學、少年文學的寶藏其實是很豐富的，只是它是以口耳相傳、以一種非文字型態在發展而已。」

至於西方作家，朱西寧早年偏愛法國福樓拜的小說，如今則較欣賞俄國文豪托爾斯泰和杜斯妥也夫斯基作品。

「因為厚重！」他說。

至於英國的狄更斯，朱西寧則覺得他的小說「太淡」，讀起來就像喜歡喝烈酒的人去喝啤酒一樣——

「不過癮！」他笑說。

就在話題轉至輕鬆有趣之處時，忽然，隔鄰飄來一陣煎魚的鹹香，看看腕錶，已近正午，因唯恐打擾太久、占用了朱西寧寶貴的寫作時間，於是我乃提出今天最後的問題——在已完成的二十多種長、短篇作品中，他自己最滿意的是哪一部？

朱西寧謙和地說沒有。

「畢竟，小說須藉文字表達，但文字本身便是一種限制！」

他若有所思地強調：

「托爾斯泰七十歲時還說——我希望心中所想，和筆下所寫，距離縮短；美國小說家福克納也曾表示，如果已經滿意自己的話，就不必再寫了。相信每一個認真的寫作者，他的終極思考都是這樣的。」

我微笑在筆記本上記下這段言語，領受一個前輩作家真誠的工作體悟。就在起身告辭時，忽然門鈴聲大作，朱家客廳那七、八隻正酣睡憩息的狗兒，全都搖著尾巴衝到門邊，吠個不停，好不熱鬧！原來，送掛號信的郵差來了。

從屋內攜出印章取信的同時，朱西寧特別端了杯冰茶，遞給汗水已濕透半邊衣裳的郵差先生。渴望清涼的綠衣人道謝後接過杯子，一仰而盡，臉上盡是滿足、感激的表情。

作家的心，原來，竟是這樣一顆體貼周到的心啊！

我想起方才朱西寧說起「愛與失望」時，那溫柔平和的眼神、那感恩包容的語氣。

正午豔陽下，終於，當我忍不住再次回頭，卻驚訝地發現他猶倚在門邊目送我離去。

那滿頭華髮，脈脈閃現銀輝。

當心中有水光閃動之際，我看見了——

歲月，為一位深情老作家加冕的榮耀桂冠！

我家的柏拉圖

＊本文寫於一九八七年，亦為「出土文物」，收編於此，也算是我戀愛史記一個有趣的注解。

他是我家的柏拉圖，一個善良有趣、值得信靠的幸福領航員。

其實，公元前四世紀哲學家柏拉圖，原是個強壯的軍人，他曾在激烈的伊士米亞摔跤大賽中兩度奪魁，根據威爾．杜蘭《西洋哲學史話》，柏拉圖所以名為柏拉圖，是因他有一副寬闊肩膀的緣故，在希臘語中「柏拉圖」意即「寬闊」。

至於我家的柏拉圖，最初有此諢號，便也在於他厚實溫暖、予人以安全感的肩膀——一種皮相上的相似；但當這麼一個學理工、且老是被學文學的妻子消遣的丈夫，竟也顯出一種哲學家醇美的特質時，諢號便不再是諢號，而竟是名副其實的雅稱了。

他的哲學不來自學院，不來自書本，卻來自性格的成熟、經驗的累積、理性思考的習慣，以及多年艱苦生活的跋涉。憂患足以興邦，亦足以造就一個人的堅忍寬容與真正的溫柔。學文學的妻子本最難討好、取悅，但既具備上述犖犖諸項，我家的柏拉圖，便足以令人中心悅而誠服之。當我在現實生活中感到疲憊、惶恐或缺乏自信時，書本裡的智慧雖可助我解蔽，但柏拉圖在情感上給予的支持撫慰，以及適時的三言兩語的開脫，卻仍是我支取復元力量的終極來源。

他是一個習於向前、向上、向樂觀遼闊處去看去想的人，影響所及，便為我們這個家，撒下了坦蕩無懼的陽光。一向嚮往自由、浪漫的我，雖也認為一紙婚約，具有相當的枷鎖性，但時至今日，卻仍不免是婚姻生活的擁護者，便多少與這些年來，和柏拉圖共同經營的柴米夫妻的歲月與生活品質有關——至情只可酬知己，在多次外在考驗與內在波濤洶湧之後，我想，他仍應是我最初與最終的唯一。

常覺得，任何甜蜜的愛情，若落實於現實生活，便不免具有短兵相接的肉搏成分在其中。柏拉圖與我，在許多方面，一直都存在著南轅北轍的差異——但差異豈不也可以是有趣且並行不悖的存在、是特色與個人風格的美妙彰顯？我們都認同婚姻是鞋子的妙喻，一左一右的相反，適足以成就互補與和諧，若調適得當，婚姻生活中的學習，更能使人踏出欣賞與尊重異己的第一步，於是所謂「肉搏」，遂也成為促進雙方成長非常有效的一種接觸了。

比方說，在飲食領域中，柏拉圖與我雖都是志同道合的「草食性動物」，較少肉食。但這之中卻仍有很大的區分——我超愛起士，他卻總敬謝不敏；我喜歡口感鬆粉的芋頭、馬鈴薯，他則特嗜疏鬆爽脆的生菜與瓜實類。另外，在烹調處理上，他熱愛油多火大的煎炸炒燴方式，我則獨鍾素淨少油的蒸煮汆燉料理。他喜歡為食物添加各式豐富佐料，我則喜歡直探食物原味，甚至連鹽也不加……相處多年，至今誰也不曾同化誰。亞里斯多德曾說：「論到口味，沒什麼好爭辯的」，明乎此，故每逢假日，夫妻倆同遊菜市，便總各陪對方買對方喜愛的菜色；回家後，也常各據一方各自料理，習以為常。但一燈之下共餐，蔬香果樂，兩人相視而笑，彼此調侃逗趣，或文化交流一番，倒也樂在其中，滋味無窮。在餐桌，或生活其他層面，我們所共享的重點是氣氛，是情趣，是相互尊重、相互認可、莫逆於心的感覺，而不是菜餚或其他。

但說來慚愧，在烹飪一事上，我之未能如別家賢明主婦，對丈夫飲食習慣曲意以從，投其所好，一方面固因身勞事繁，不愛在飲食上花心思，另方面則是一直謹記梭羅名言：「生命浪費於瑣事中，要簡化它，簡化它」，因而寧在物質需求上過減法生活。但除此之外，卻還有一個不足為外人道的原因，那便是我對居室雅淨的要求，遠超過對美食的興趣。為保持廚房整潔，便於清理，實不欲以滿室油煙，污染此遍布瑩白磁磚的生活空間。對於這套懶人邏輯，柏拉圖或知，或不知，但他從未有過異議或微詞。每當我以速簡方式，端出那只考慮營養、分量，而在風味上實在不怎麼樣的菜餚時，他總欣然舉箸。他大概認為人的雙手不能樣樣精通，妻子這雙手既握筆寫作，便不能奢求它們在拿鍋鏟時，同時也是飯店大廚師的一雙手——何況我甚少使用鍋鏟，食物料理常以筷子粗略對付，如此不及格的主中饋方式，柏拉圖始終體貼相容，令我在刻骨銘心感激中，確有幾分歉意。

因此俗諺所云：「要控制一個男人的心，必先控制他的胃」，在我家是不成立的，而且我們都不太同意話中的「控制」兩字，因為「控制」一旦成為掌握某人的法寶時，我們便已預先生活在「失去」的假設或恐懼中了。柏拉圖的哲學是心與胃皆無須控制，也無從控制。所以在感情生活上，我們向採無為而治的開放態度，信任對方是深諳自我管理之道的君子；控制，在我們的愛情百科全書裡，是個不通的詞彙。

曾有人問起我家財經大權歸誰管轄的問題，一時之間，倒為之語塞。因為在學生時代，柏拉圖與我的生活費、研究費便常合併使用，婚後更理所當然貫徹此公共財產制了。我們書桌最下層小抽屜，是這個家的保險櫃，每月薪水存進郵局後，剩下的鈔票都收存此處，誰有需要就開抽屜取用，錢不夠了，再去提款，每日晚間則共同記賬，以了解收支平衡如何？因此，「你家錢歸誰管」的問題，便出現兩人都管、但兩人也都不管，看似矛盾實則成立的答案了。

從某個角度看，柏拉圖實在是不夠羅曼蒂克的情人；但從其他面向以觀，他則是樸素雋永、溫暖貼心的丈夫。在初結婚那幾年，曾一直遺憾柏拉圖不懂得以甜蜜花巧方式，討妻子歡心。據說馬克吐溫即使晚年，都還時常在紙片書寫親暱的言語，放在妻子早餐碟裡，讓她驚喜！——一直對如此唯美浪漫的愛情氣氛，非常嚮往，但諸事幹練的柏拉圖，卻獨在這方面頗為「木頭」，令我微感失望。

記得有一度，因趕稿壓力沉重，夜裡輾轉反側，有失眠跡象，遂告訴柏拉圖，身旁的他只要偶一翻身或鼻息稍重，便會將我驚醒，難再入夢。柏拉圖聞言，除勸我放鬆心情外，當晚即鋪睡袋於地板而臥，「同室異被」，希望在妻子多日睏倦、引以為苦的時刻，不致干擾了她一觸即碎、緊張脆弱的睡眠。

諸如此類「不可說，不可說」之小事，在生活中累積，一次又一次，確曾觸動我心深處最敏感的一根細絃。年深月久，我遂漸領悟，柏拉圖表達情感的方式，也許不花稍漂亮，但每一關愛動作，都自內心最真誠委婉的一點出發，處處為妻子設想，具體實在。而這種將心比心、為別人想的特質表現在工作上，遂亦使他成為頗受屬下愛戴的單位主管了。

其實，對於公事，也許是基於愛護妻子、不願我擔心的立場，因此除非格外有趣或特殊情事，柏拉圖甚少主動將他工作圈內複雜錯綜的情況告訴我。在他赴美進修期間，我方從他部屬口中得知，柏拉圖初履新職時，由於主客觀情勢不利，曾經歷了一段非常艱苦的危機時期——

「那時候，我們都認為他會完蛋！」

他部屬說：

「但沒想到他忍辱負重，硬把負情勢扭轉過來了。」

「為工作計劃，照計劃工作」、「總是比別人多下一份工夫，自然就比別人多得到一點東西」，是屬下對他的印象，而我也深信他是經得起變化挑戰、能真誠化解問題的人。家庭與工作既是他生命兩大重心所在，他把全副精力、時間、心血與期望，投注在這兩個具體對象上，認真專注，全力以赴，便不是意外之事。

因此，在彼此親密依存的倫理關係裡，隨著年歲漸長和更深的發掘了解，我終也開始揭開愛情的迷思，剝卸美麗的糖衣，能夠欣賞他真實的才質本色，並細品感情生活核心中最堅實可喜的部分了。

由於對寫作的執著，身為家務卿的我，平日在家事操持上難免有缺席情事發生，但因柏拉圖與我在時間上的協調配合，以及他完美的補位，總使我得以在無後顧之憂情況下，逐一完成作品。這份對理想的追求，十年來能持續不輟，柏拉圖精神支持與實務支援是關鍵因素。雖然我不能確知，每一個成功男人背後，是否都站著一位偉大的妻子？但我深信，每一個作家妻子背後，都必存在著一位支持她寫作的丈夫。

另外，在生活瑣細上，諸如襯衫扣子的縫補、衣褲的熨燙等，柏拉圖也都一向自理，從不認為這是妻子「該」做的事。他反對男性沙文主義，贊同婚姻分工制度，認為一個家的整潔與欣欣向榮，有賴家中全體成員共同參與，是全家人的責任；而我和柏拉圖都深深希望，如此安和樂利的民主氣氛，能與兒女成長同步，讓他們覺得，父母不但是引渡他們到這世界來的人，更是他們在人生中，可以開誠布公、無話不談的朋友；而有一天，當他們完全獨立——我們設定那是三十歲——卸下養育責任的柏拉圖與我，打算周遊列國，展開逍遙的自助旅行生涯。

十年的胼手胝足，一個家被經營成如今小康溫馨的局面，柏拉圖與我，已互為彼此生命中不可或缺的知己。當錯誤與失敗的遺憾，在生活的紙上拖曳出深長的痕跡時，寬容與諒解便是我們最好的橡皮擦，把遺憾不快的痕跡擦拭淨盡，讓一切重新來過。

雖然我們也常失望受挫，但我們再生的能力都很強。

我想，家，不是一間房子，而是一個有情有愛的區域！

於是，攜手同行於陽光風雨更迭的人間世，我謹虔誠祝願——

在這溫暖的生活空間，有緣且有幸成為一家人的我們，共同經歷生命中意義至為豐富的情感生活。

青春魔泉

＊本文寫於一九九〇年，係應當時《中央日報副刊》「青春歲月」專題邀稿而撰，久被遺忘，不久前於塵封舊帙中得之，因堪稱卷二〈終生都是青春期〉一文引言，或說前傳，故亦收編。又，本文當年刊於中副原題為〈采采流水〉。

少年十五二十時，對我來說，已是生命中一段近代史。從彼時青春泉眼出發，直至今日，二十年光陰淙淙流逝，照理，早該是青春族除名之輩了，但感覺上，采采流水，沛然不息，蓬蓬遠春，生意正濃，總覺得自己不但尚未向青春歲月告別，且正處在青春歲月中最美好的那一段上，英國田園詩人華茨華斯曾說：

「一個人應該對昨日感到快樂，對明天深具信心。」

如果，青春只是一種意識狀態，而非由年齡數字來決定，那麼我希望自己，永遠保有年輕蓬勃的脈動與一顆容易感動的心，心中那股青春活泉也永遠是不衰弱枯竭的魔泉。

所以，青春歲月，就從我的近代史說到現代史吧！——

高中時代，家住高雄，我讀的是位於愛河之濱的高雄女中。愛河，是橫亙高雄市區的一條大河，名稱浪漫，但當時未經整治，水色墨黑，經常散發污臭異味。我高三時代教室，正好在校園角落最靠近愛河的位置，雖然窗外有一株碧蔭深濃的大樹，但夏日每當南風穿戶而來，教室裡便瀰漫一股濃烈的——班上同學都說是「壞掉的皮蛋粥」的氣息。老師們偶爾會忍不住掩鼻皺眉，但對於正打瞌睡的同學來說，這撲鼻異味卻頗有「提神醒腦」之效。尤其高三下，聯考壓力最沉重時，愛河的水靜靜地流，更不時以「薰陶」學子的姿態，向我們提醒它的存在。揮汗苦讀之餘偶爾抬頭望向窗外發楞，老樹光影，映照得人面皆綠，快把自己讀成入定老僧的我們，竟也漸漸學會和愛河異味相處了。直至今日回想起來，那仍是雄女生涯中極有「味」的一章。

由於對文學喜愛，高中時代曾利用課餘之暇和寒暑假，閱讀了一些中外文學作品——如大仲馬《基督山恩仇記》、福樓拜《包法利夫人》、施耐庵《水滸傳》、沈復《浮生六記》、曹雪芹《紅樓夢》、蔣夢麟《西潮》，乃至胡適留學日記、李敖日記等，雖雜亂無章，且大多囫圇吞棗，體會不深，但一書在手的趣味與精神上的充實滿足，卻也多少引領我見識了文學的遼闊豐富。

由於高中時代所讀課外書，多為當時就讀台大圖書館系的姊姊從台北帶回，基於對姊姊的崇拜心理，兼以一直非常嚮往大學生活，所以高二暑假結束、跨入高三之際，便抱定堅壁清野的決心，高三一整年不看電視，非考上台大不可。

也許是強烈的成就動機，可產生驚人意志力量吧！總之，這和自己簽下的「君子協定」，竟真貫徹始終未曾違反；即使除夕夜，全家人團聚樓下客廳聊天、嗑瓜子、欣賞大年三十晚上電視特別節目，笑聲頗為挑逗地不斷傳上樓來，也未使我下樓加入他們，破壞原有的零接觸紀錄。

這「寒窗一年」的自我訓練後來帶給我極大的影響，一方面是戰勝自己的快樂，另方面則是開始和電視保持疏遠冷淡的關係；不過最重要的，是我對「決心致勝」的信念，有了深刻的體會，尤其後來如願以償以第一志願進入中文系，更使我確信，意志＋行動＋持續不斷的恆心，對於像我這資質平庸之輩，才是達成目標的不二法門。

負笈北上，七年台大生活，是我這南台灣成長女孩生命中重大的轉捩。那是我十七年來第一次離家、第一次去台北，甚至第一次坐火車！如今想來仍覺荒誕可笑的是，這首次搭乘火車的初體驗中，一直戀戀不忘的竟是——鋁質圓形飯盒所盛裝的火車便當菜！

由於和姊姊同校，又同住女生第九宿舍，在她照顧帶領下，雖省去許多摸索新環境的時間，但一向晚熟的我，基本上只是一個驟然從聯考桎梏鬆綁的高四生，完全不知該如何掌握並充實自己的大學生活，就這樣在混亂迷惑中，懵懵懂懂，恍惚度日，直到大一下漸至佳境，才體會到杜鵑花城海闊天空、自由活潑的氣息。

大一下，班上在新生盃女籃賽兩度慘敗給心理系，為湔雪此恥，住宿舍的男生們曾很熱心地擔任起義務教練的工作。他們號召、遊說住宿舍的女同學——包括四體不勤超不愛運動、幾番婉拒終盛情難卻的我——組織成一支女籃隊，每天早上六點半到七點半練球一小時，然後再回宿舍洗澡、用餐、去教室上課。當時我們這支雜牌軍叫「心心籃球隊」，取禪宗「心心相印」之義，因為打籃球靠默契，最需要以心傳心，以心傳球，故名。

本來，心心籃隊是中文系自家之事，與他系無關，但後來幾位住宿舍的他系男生，聞風而至，也興致勃勃加入我們練球的行列。其中一人雖不算高頭大馬，但據說因投籃身姿瀟灑，所以大家都以「翩翩射手」稱之。當時心心籃球隊除練球外，也常一起登山、郊遊，到新生南路上的「全城冰果室」（現改名「台一」）吃紅豆冰，校運會時還全體起鬨、興致勃勃報名五千公尺接力賽，連痛恨跑步的我都參加了，雖只得「第六名」（僅取五名，其餘一概第六），卻也覺開心異常，無比有趣。大一暑假時，心心籃球隊甚至遠征高雄縣美濃鎮「翩翩射手」的家。在南台灣那充滿稻香的清麗山城盤桓數日後，有人做出如此結論——「翩翩射手」投籃身姿不凡，原來是看多了稻子彎腰的緣故！

可惜到了大二，形勢改觀，球員們都另有生活重心，大家各忙各的，球隊在無形中也就解散了。但怎麼也沒想到，「心心」的活動與精神，卻在「翩翩射手」和我之間保留下來，且一直延長、擴充至現在！哎，當時在晨曦中廝殺奔逐，當球不讓，並不怎麼看在眼裡、放在心上的男孩，想不到竟成了這一生攜手同行的知己。人生諸番因緣委實妙不可解，玄不可測，歡喜領受之餘，也只有懷感激之心，格外珍重護持，並繼續努力經營、開拓了。

大二時，「翩翩射手」與我的球友感情產生戲劇性變化後，我們便經常一起上圖書館讀書，到「東南亞」戲院看電影，或坐在校園草地上聊天說體己話。一個學工的男孩和學文的女孩，便展開了他們今生共享或共同承擔人生陽光、風雨的愛情歷程。爭執、磨擦、鬧意氣當然是免不了的，但在戀愛之初，這倒也成為彼此了解、適應對方的一個必要過程，而個中種種幼稚情節，於今思之，只覺愚昧、癡傻、可笑。

大四下，翩翩射手和我準備考研究所，兩人幾乎天天一起上圖書館。圖書館關門後，又回到各自寢室挑燈夜戰，並不時為對方打氣。也許仍是由於成就動機甚強，再加上併肩作戰，不是孤軍奮鬥，信心勇氣都倍增的緣故吧，那年六月，竟幸運地雙雙登榜。這是翩翩射手與我，為相同人生目標一起努力的第一件事，自此，我們深深體會到對方在自己生命中的重要性與唯一性，也對往後共度一生的遠景有了共識。研三下時，我終於和正在服碩士預官役的他，共組了一個非常克難但很溫馨的小家庭，把過去學生時代金童玉女式的愛情生活，落實到現實領域中來……

如果，青春的定義之一是——強烈地充滿成長的慾望與力量，那麼，我實深深感謝這與我共享青春、開拓青春、擴充並延續青春意義的人！

而青春歲月，青春故事，在我們有了一雙兒女後仍持續進行中。

——就讓它繼續下去吧！

常想，我們不是要扎實地活出一場足以向自己、向歲月交代的人生嗎？那就讓青春心情、青春情節，成為貫串我們一生的連續劇。

記得某馳名國際的企業家七十八歲生日時曾說：

「今天，是我二十九歲生日的四十九週年紀念！」

幽默風趣的自信，正說明了青春不是青春族的專利。

雖然少年十五二十時的歲月只有一度，但精神上的青春狀態可以綿延不盡，所以就大膽宣稱尚未向青春歲月告別了。

——過去，如今，未來，以及一向！

如此源源不絕的生命熱情，我想，也許便是青春魔泉的活水，采采流動，沛然不息的祕密吧！

九歌文庫 1188

海水是甜的

作者	陳幸蕙
責任編輯	張晶惠
創辦人	蔡文甫
發行人	蔡澤玉
出版發行	九歌出版社有限公司 臺北市105八德路3段12巷57弄40號 電話／02-25776564・傳真／02-25789205 郵政劃撥／0112295-1
九歌文學網	www.chiuko.com.tw
印刷	晨捷印製股份有限公司
法律顧問	龍躍天律師・蕭雄淋律師・董安丹律師
初版	2015（民國104）年4月
定價	320元

書號	F1188
ISBN	978-957-444-992-7

（缺頁、破損或裝訂錯誤，請寄回本公司更換）

國家圖書館出版品預行編目資料

海水是甜的 / 陳幸蕙 著. -- 初版. -- 臺北市：
九歌, 民104.04

面； 14.8×21公分. -- (九歌文庫 ; 1188)

ISBN 978-957-444-992-7(平裝)

855　　104003436